Frank Tippelt | Willibald A. Bernert

Kneipen, Kult und Kellergeister

Unglaubliche Geschichten aus dem Bielefelder Nachtleben

Wartberg Verlag

Bildnachweis

Umschlag:
Renate Winkler (vorne o. l.), Wolfgang Lennartz (vorne o. r.), Herbert Bickhoff (vorne u. l.), Carlo Dewe (vorne u. r.), Fred Gehring (hinten o.), Rosa Oppermann (hinten u. l.), Willibald A. Bernert (hinten u. r.).

Innenteil:
Universität Bielefeld: S. 4;
Stiftung Tri Ergon Filmwerk: S. 6, 7 o., 8, 11;
Veronika Radulovic: S. 7 u., 29;
Peter A. Schindler: S. 9;
Carlo Dewe: S. 10, 88 u.;
Hans-Ulrich Schmidt: S. 12/13 u., 16, 22 o. + u. l.; 81 r., 83;
Wolfgang Zastrozny: S. 13 o., S. 14 o.;
Jochen Hartmann: S. 14 u., 57 u.;
Anne Westermann: S. 15 o. l., 60 u.;
Carsten Kuhlmann: S. 15 o. r., 39, 40;
Willibald A. Bernert: S. 15 u., 30/31 o., 32, 52/53 u., 95 (2–6);
Gretel Mühlenweg: S. 17 o.;
Herbert Bickhoff: S. 17 u., 18, 19, 20, 21;
Wolfgang Lennartz: S. 22 u. r.;
Renate Winkler: S. 23 o. + M., 81 l., 85, 86;
Petra Maler: S. 23 u. r., 24 o. r./l. + M.;
Hans-Jürgen Lange: S. 23 u. l., 24 u.;
Luftbild Aerophot Demuss: S. 25;
Dodo Rahe: S. 26, 28 M. u. r.;
Leya Wübbenhorst: S. 27 o., 28 l. + o. r.;
Norbert Kaase: S. 27 u.;
Annemarie Hecker: S. 30 M. + u.;
Elisabeth und Michael Neumann: S. 31 u.;
Sinalco: S. 33;
Michael Volke: S. 34, 70, 74 o.;
Laumen-Lichtwerbung: S. 35;
Michael Kröhn: S. 36 l.;
Karl Richter: S. 36 r., 37 o. l., 38;
Thea Deppe: S. 37 o. r.;
Westfalen-Blatt – Hans-Werner Büscher: 37 u., 59, 60 o.;
Frank Tippelt: S. 41, 79, 95 (1+7);
Eddi Ringger: S. 42;
Jürgen Lehwalder: S. 43, 44, 45 u.;
Westfalen-Blatt – Peter Thölen: S. 45 o., 84;
Ferdinand Bobenhausen: S. 46;
Udo Bollhorst: S. 47, 49;
Astrid und Andreas Lehmann: S. 48;
Gustav Bokermann Projektierungs- und Immobilien GmbH: S. 50;
Kaja Brunken: S. 51, 52 o., 66, 77 u.;
Andreas Oehme: S. 53 o., 68, 69;
Spiros Christodoulou: S. 54;
Fred Gehring: S. 55, 56 o., 57 o., 58;
Klauspeter Hankel: S. 56 u.;
Jörg Dannerberg: S. 61;
Frank Herzog: S. 62;
Hilde und Horst Lindner: S. 63, 64, 65;
Westfalen-Blatt – Lokalredaktion Bielefeld/Archiv: S. 67, 76 o.;
Irene von Uslar: S. 71, 72, 73;
Piet Rosendahl: S. 74/75 u.;
Willi Seip: 75 o.;
Elke Gröppel: S. 76 u., 77 o.;
Marion und Andreas Wiedermann: S. 80 o.;
Alfred Bültermann: S. 80 u.;
Peter Blank: S. 82;
Armin Burgmann: S. 87, 88 o., 89;
Wilhelm Niggemann jr: S. 90, 91, 92;
Hildegard Klaes: S. 93, 94.

Umschlagbilder:
Vorderseite: DJ Ricky im *Saloon 1900* (oben links); Eröffnung des *Café Rodin* Anfang der 90er-Jahre mit Uwe Hofmann und Bernd Meyer (oben rechts); Hermann Bickhoff vor seinem *AC* (unten links) und die Kakadu-Combo aus Herford im *Café Oktober* (unten rechts).
Rückseite: Barbara und Werner Gehring von der *Kajüte* am Siegfriedplatz.

1. Auflage 2021

Layout und Satz: Christiane Zay, Passau
Druck: Druck- und Verlagshaus Thiele & Schwarz GmbH, Kassel
Buchbinderische Verarbeitung: Buchbinderei S. R. Büge, Celle

34281 Gudensberg-Gleichen, Im Wiesental 1
Telefon: 0 56 03-9 30 50
www.wartberg-verlag.de
ISBN 978-3-8313-3257-1

Inhalt

Vorwort

Jutta Küster, Jahrgang 1948, hat Radio Bielefeld mit aufgebaut und war beim Presseamt der Stadt Bielefeld tätig. Die heutige 2. Vorsitzende des Absolventen-Netzwerks der Uni Bielefeld hat ihre drei Ehemänner allesamt in Bielefelder Kneipen kennengelernt.

Ich freue mich sehr, dass die beiden Autoren Frank Tippelt und Willibald A. Bernert mich gebeten haben, das Vorwort für dieses Buch zu schreiben.

Ich bin Bielefelderin, war 30 Jahre lang Kneipentochter und bin jetzt so alt, dass ich 80 Prozent der hier vorgestellten Kneipen noch von persönlichen Besuchen her kenne.

Gastwirte und Gastwirtinnen haben schon einen sehr ungewöhnlichen Job. Sie sind nicht nur „Personen mit besonderen Kenntnissen auf dem Gebiet der Kochkunst und des Gaststättenwesens", wie es das Google-Wörterbuch beschreibt, sie sind auch Zuhörer, Psychologe, Therapeut, Entertainer, Lebenshelfer, Lebensberater, Streitschlichter, Minikreditgeber, Paarvermittler und vieles mehr.

Die Kneipen waren (und einige sind es immer noch) der soziale Marktplatz eines Viertels. Da traf man sich, da lernte man „neue" Menschen kennen; da ging man hin mit Freunden, mit dem Sport- oder Kegelverein, aber auch, wenn man alleine oder einsam war und Aufmerksamkeit brauchte.

An der Theke wurde dann schon mal aus dem einfachen Mitarbeiter eines Unternehmens der erfolgreiche Prokurist ... Rollenspiele!

In vielen Kneipen wurde richtig gezockt: überwiegend Skat, aber auch gepokert und geknobelt, am Spielautomaten „gedaddelt". Und wenn der Alkoholpegel das passende Maß überschritten hatte, wurde schon mal gesungen, getanzt und vielleicht auch geknutscht. Die eine oder der andere hat dadurch seinen zukünftigen Partner in der Kneipe kennengelernt – Handy und Dating-Portale waren da noch unbekannt.

Mehrere Hundert konzessionierter Kneipen und Gaststätten gab es zu den Hochzeiten in Bielefeld. Mit Einführung der Promillegrenze und massiven Verkehrskontrollen, mit Ausweitung der TV-Angebote und weiterer Technik setzte das Kneipensterben ein, zwar langsam, aber unaufhörlich.

Damit ist dieses Buch, so auch der erste Band, eine Art kulturhistorisches Dokument, aber mit besonders großem Unterhaltungswert!

Und das haben die beiden Autoren hier wieder durch umfassende und gründliche Recherche und mit ganz viel Humor und Augenzwinkern aufgeschrieben.

Viel Lust aufs Lesen!

Jutta Küster

Liebe Leserinnen und Leser,

Kneipen, Kult und Kellergeister – was liegt näher als diese wunderbare Brause, wenn wir zurückblicken in die schöne Bielefelder Kneipenwelt der vergangenen Jahrzehnte. Waren es die Kakerlaken in Band 1 der Bielefelder Kneipengeschichten, die ein wohlig-heiteres Schaudern auslösten, so sind es jetzt, in Band 2, die Kellergeister, die uns mitnehmen in eine Welt voller schöner Erinnerungen.

Der Bielefelder Thekenduden geht in die nächste Runde, und wieder begegnen uns bekannte Gesichter, beliebte Lokale und unvergessene Geschichten. Auf unseren Spaziergängen durch die Bielefelder Gastro-Landschaft heben wir so manches Glas und so manchen Schatz: in angesagten Szene-Bars und verräucherten Kaschemmen, in tiefer gelegten Music-Clubs, braven Gasthäusern fürs bürgerliche Publikum und alternativen Kneipen für eine Generation, die alles wollte, nur eines nicht: so sein wie alle.

Wie schon „Kneipen, Kult und Kakerlaken" ist dieses Buch nur möglich geworden dank der großartigen Mithilfe vieler Menschen, die uns mit Wort und Bild und Rat und Tat zur Seite gestanden haben.

Wir bedanken uns ganz herzlich bei:
Ilhan Arslan, Rainer Bäumer, Lutz Bentrup, Herbert Bickhoff, Peter Blank, Jürgen Blume, Ferdinand Bobenhausen, Gerd Bobermin, Udo Bollhorst, Kaja Brunken, Carsten Büker, Alfred Bültermann, Armin Burgmann, Spiros Christodoulou, Axel Clüsener, Kornelia Clüsener, Marion Czypull, Thea Deppe, Carlo Dewe, Uwe Fastabend, Peter Fortmann, Fred Gehring, Elke Gröppel, Klauspeter Hankel, Jochen Hartmann, Thomas Hartwig, Frank Heck, Annemarie Hecker, Heimatverein Brackwede, Ralf Helmig, Ernst Herold, Frank Herzog, Klaus Holzberg, Werner Jöstingmeyer, Bernd Junghans, Norbert Kaase, Hildegard Klaes, Thomas Kleineschallau, Rolf Martin Kolenda, Lia Komvos, Monika Koßmann, Susanne Kracker, Michael Kröhn, Jutta Küster, Carsten Kuhlmann, Michael Lamass, Ingrid Lamm, Hans-Jürgen Lange, Laumen-Lichtwerbung, Andreas Lehmann, Astrid Lehmann, Jürgen Lehwalder, Wolfgang Lennartz, Hilde Lindner, Horst Lindner, Patricia Lohmann, Petra Maler, Christel Madeja, Gerhard Mahr, Anne Meyer, Rüdiger Meyer, Gretel Mühlenweg, Elisabeth Neumann, Michael Neumann, Wilhelm Niggemann jr., Gerd Oberwittler, Andreas Oehme, Jutta Oppermann, Mara Oppermann, Rosa Oppermann, Michael Pätzold, Dieter Mick Perl, Hermann Peter, Volker Pinkernelle, Manfred Pott, Veronika Radulovic, Dodo Rahe, Karl Richter, Eddi Ringger, Doris Rogatty, Jürgen Rogatty, Piet Rosendahl, Norbert Schaldach, Thomas Scheffler, Peter A. Schindler, Hans-Ulrich Schmidt, Nicola Schmidtmeier, Benedikt Sebastian, Andi Sonnengelber, Willi Seip, Wilfried E. Staemmler, Heinz Stelte, Maryon Stemmer, Martin Stiller, Stephan Stolze, Klaus Stuckenbröker, Dietmar Taube, Tri-Ergon Filmstiftung, Savvas Tsitiridis, Irene von Uslar, Jochen Vahle, Michael Volke, Karl-Hermann Weber, Ulli Wegener, Annerose Westerheide, Anne Westermann, Hans Westerwelle, Lokalredaktion Bielefeld des Westfalen-Blattes, Joachim Wibbing, Andreas Wiedermann, Marion Wiedermann, Karl Wiegand, Diane Winkler, Renate Winkler, Georg Winter, Leya Wübbenhorst, Wolfgang Zastrozny.

Frank Tippelt & Willibald A. Bernert

Rundgang 1

Studenten, Stars und leichte Mädchen

„Stimmt, es waren tolle Sträuße dabei." – Wird sie auf das *Café Oktober* angesprochen, fallen Veronika Radulovic sofort die großartigen Blumenarrangements ein, die Uwe Hofmann mehrmals die Woche wechselte. Die Künstlerin wohnt heute in Berlin, kommt aber zum Auftakt von Teil 2 unserer Kultkneipen-Spaziergänge auf Heimatbesuch.

Mit Veronika sitzen wir im *Gutzeitcafé*, von wo aus unser erster Spaziergang durch Bielefelds Kneipen und Szenelokale der vergangenen Jahrzehnte beginnt. Wenige Schritte von hier liegt das *Café Oktober,* Ausgangspunkt unseres ersten Ausflugs in die Vergangenheit. „Das war ja nicht nur ein Lokal. Oben war in gleicher Größe eine Galerie", erzählt Veronika. Und schon sind wir mittendrin – in den alten Zeiten und in einer wahren Kult-Lokalität. Voilà – auf geht's zum ersten Spaziergang!

Das *Café Oktober* – Treffpunkt für Künstler, Intellektuelle und Alternative.

Uwe Hofmann ist das Gesicht
des *Café Oktober.*

Kulturhaus und Kultlokal

In den Räumen einer früheren Metzgerei am Anfang der Detmolder Straße eröffnet der kunstsinnige Architekt Uwe Hofmann 1973 das *Café Oktober*. Schnell versammelt sich im Ecklokal hinter dem Gericht die intellektuelle Szene Bielefelds. Die Gäste schauen noch auf das alte Stadtgefängnis, das Mitte der 80er-Jahre abgerissen und durch den Landgerichtsbau ersetzt wird.

„Eröffnet hat das *Café Oktober* nicht Uwe allein. Mit dabei war ein Schweizer namens Bernard. Er war Koch", sagt Irene von Uslar. Sie gehört Anfang der 70er-Jahre im *Bunker Ulmenwall* zu den dort so bezeichneten „Leuten vom Dienst" und ist nach Konzertschluss gern im neuen Café: „Dann ist die ganze Truppe einschließlich der Musiker ins *Oktober* gezogen – mit Schnuckenack Reinhardt, Häns'che Weiss und wie sie alle hießen, sind wir rüber. Die haben dann Session im *Oktober* gemacht. Da wurde auch schon mal auf den Tischen getanzt. Unvergessen auch die Abende mit der BWC, Ali Haurand oder Volker Kriegel."

Auch Veronika Radulovic stellt in der *Galerie elf* aus.

Mitglieder des Filmhauses tagen in der *Galerie elf.*

Auch Wolfgang Lennartz zieht Parallelen zum gegenüberliegenden *Bunker*: „Die Szene war in den 60er- und 70er-Jahren im *Bunker Ulmenwall*. Uwe Hofmann war oft hier, er hat gesehen, dass es ein leerstehendes Geschäft an der Gerichtsstraße gibt und es nach vielen Jahren geschafft, die Räume zu mieten."

Ursprünglich ist das *Café Oktober* keine Kneipe. „Anfangs war es eingerichtet wie ein Wiener Caféhaus, vor den Fenstern hingen weiße Nesselvorhänge", erinnert sich Irene: „Es gab ein Kuchenbüffet mit Glasvitrine, darin Torten, die Bernard selbst gemacht hatte. Und auch den Saal Auguste gab es anfangs nicht. Das war damals ein Privatraum, davor standen Billardtisch und Flipper." Doch die Café-Zeit ist schnell vorbei. „Nach kurzer Zeit hatte Bernard aus der Pizzeria gegenüber einen Pizzaofen gekauft, der wurde im *Oktober* im Keller eingebaut, wo auch die Küche war", so Irene: „Eines Tages suchte Bernard jemanden, der die erste Pizza essen wollte: Die ist in meinem Mund gelandet."

Marion Czypull kellnert von 1981 bis 1983 im *Café Oktober*: „Uwe Hofmann, Absolvent der Hochschule der Bildenden Künste in Berlin, war sehr anspruchsvoll. Über dem *Oktober* war eine Galerie, regionale Künstler konnten dort ausstellen, hatten dort eine Bühne für ihre Malerei. Die Bilder hingen oft monatelang." Auch Veronika Radulovic zeigt hier ihre Bilder: „Uwes Galerie war ja genauso groß wie der vordere Raum des *Café Oktober*. Damit war die *Galerie elf* die größte Galerie in Bielefeld."

Entsprechend ist das Publikum, das hier im Café mit den vielen Palmen verkehrt: Schauspieler und Mitarbeiter aus dem Stadtthe-

Blick ins *Café Oktober*
der 80er-Jahre.

Die Herforder Kakadu-Combo rund um Carlo Dewe tritt des Öfteren im *Oktober* auf.

ater, Professoren, Studenten, Linksintellektuelle, Künstler, Musiker. „Bei Uwe Hofmann zu Gast waren regelmäßig Schauspieler aus den Faßbinder-Filmen, wenn die in Bielefeld Premiere hatten", erinnert sich Künstler Frank Herzog. Veronika Radulovic denkt zurück: „Ich habe gefühlte 100 Jahre im *Café Oktober* verbracht. Das war ja wie ein Wohnzimmer für uns alle."

Unter den Besuchern als Dauergast: Ingolf Lück. „Er hat immer Spaghetti Bolognese gegessen", erinnert sich Marion: „War Ingolf bei uns, nahm Uwe den Kellner beiseite und sagte: ‚Wenn bei Ingolf die Sauce alle ist und er hat noch Spaghetti auf dem Teller, dann gibst du ihm Nachschlag. Das kostet nichts extra.'"

Wer auf der Suche nach einer schnellen Gelegenheit ist, der ist im *Oktober* an der falschen Adresse: „Das *Oktober* war eines der wenigen Lokale, in das Frauen problemlos allein reingehen konnten. Das war nicht selbstverständlich in den 70er-Jahren", sagt Irene von Uslar, die in Uwe Hofmann ein besonderes Talent entdeckt hat: „Er hat es über viele Jahre geschafft, sein Lokal immer wieder neuen Strömungen und Moden anzupassen, ohne dabei seine Gäste zu verlieren." Auch ist das *Café Oktober* ein Anlaufpunkt der Schwulenszene.

Auch kulinarisch ist Uwe Neuem gegenüber aufgeschlossen. „Er probierte gern Sachen, die nicht in waren", denkt Marion zurück, „der erste Koch kochte griechisch, sein Souflaki war äußerst beliebt. Aber auch Bauernfrühstück, Lasagne, überbackener Camembert wurden gern gegessen. Uwe war einer der Ersten, die Spaghetti mit Olivenöl und Knoblauch oder Spaghetti mit Venusmuscheln – die Spaghetti alle Vongole – auf der Karte hatten." Die armen Studenten hingegen bevorzugen schlichtere Speisen: „Das günstigste Essen war eine Art Pizzabrot, darauf gewürfelte Tomaten, Öl, Knoblauch, Basilikum – das schmeckte hammergeil", sagt Jutta, die oft im *Oktober* zu Gast ist.

Trotz aller Lockerheit – im *Oktober* gelten Spielregeln. So tragen die Kellner als Uniform lange Schürzen. „Er betonte, das sei Berliner Stil", erzählt Veronika Radulovic. „Uwe war ein guter, aber strenger Chef, vor allem war er sehr genau. Die riesige Blumenvase auf der

Theke wurde jeden zweiten Tag neu bestückt mit teuren prächtigen Blumen, die nach einem bestimmten Muster penibel ausgerichtet wurden. Auch die Stühle standen immer in genauer Flucht", denkt Marion zurück. Und wehe, der Kellner will mal ein Bier trinken: „Das war erst nach Mitternacht erlaubt."

Musik kommt, wie in vielen Kneipen, von Kassetten, welche „Uwes Lebensgefährte Eckhard in mühsamer Arbeit aufgenommen hatte", so Marion. Und manchmal gibt es Live-Musik: Gern steht die Herforder Kakadu-Combo auf der Bühne, auch Travestieshows, wie sie die Szene aus dem *Liebenfeld* und dem *Dorian Gray* kennt, etablieren sich im *Café Oktober*. Oder Überraschungsgäste treten auf. Etwa die Peruaner aus der Fußgängerzone, die beim Chef artig fragen, ob sie mal mit ihren Blockflöten spielen dürfen, um den Kassettenverkauf anzukurbeln. Bei Uwe dürfen sie. „Hin und wieder ließ er die Gäste auch mal auf dem Piano spielen", sagt Marion, und da fällt ihr eine Anekdote ein, die wohl keiner vergessen hat, der dabei gewesen ist:

„Eines Abends kamen zwei Typen rein, unmodisch angezogen, die erzählten Uwe, dass einer der beiden an einem französischen Konservatorium studiert habe. Sie fragten, ob sie mal spielen dürfen, Uwe erlaubte es. Doch dann dauerte es ewig, bis es losging. Schließlich spielten sie, es hörte sich an, als würden Kinder auf einem Klavier rumklimpern, die es nicht können. Mit einem Mal ging die Tür auf, zwei Männer standen in der Tür. Sie gaben sich als Pfleger von Bethel zu erkennen, die schon den ganzen Abend ihre ausgebüxten

Uwe Hofmann im *Café Oktober*. Den Feierabend läutet der exzentrische Wirt stets mit einem Walzer ein.

Schützlinge suchten und schließlich die beiden wohlbehalten mitnehmen konnten."

Alten *Oktober*-Gängern ebenfalls in Erinnerung ist Werner Bündgen, Mitte der 70er Dauergast. Ein richtiges Zuhause hat er nicht, gelegentlich darf er im Keller übernachten. „Er stellte sich den Leuten mit breit-westfälischer Stimme vor: ‚Ich bin Penner Werner und wohne unten in meinem Frikadellen-Puff'", erinnert sich Musiker Dietmar Taube an den Kauz: „Eines Abends kamen Eddie und Finbar Furey, ein bekanntes irisches Musiker-Duo, ins Lokal. Es war voll, nur an Werners Tisch war noch Platz. Finbar ging dahin, wollte was fragen, doch Werner kam ihm zuvor – O-Ton: ‚Sä wönschen?' Ich klärte Werner auf, wen er vor sich hat, worauf er anhob: ‚Grööß dich Finbar, du alter Trottel.' Finbar hat's hoffentlich nicht verstanden."

Ginge es nach den Gästen, müsste ein Tag im *Café Oktober* 25 Stunden haben. Doch auch ein Wirt braucht seinen Feierabend, und der wird hier stets mit einem Wiener Walzer eingeläutet. Marion: „Dann wussten die Gäste, dass sie austrinken müssen. Zugleich wurde das ‚Putzlicht' angeschaltet."

Uwe Hofmann tanzt seinen letzten Walzer 1995 – viel zu früh. Auch andernorts in der Bielefelder Gastro-Landschaft hat er Spuren hinterlassen. Davon an anderer Stelle mehr.

Gleich in der Nachbarschaft, am Anfang der Sieker Straße, erwartet uns nun das ganze Gegenteil des *Café Oktober*: der *Club Atlantic*.

Steife Brise im *Atlantic*

Vorher schauen wir kurz auf die andere Straßenseite. Gegenüber dem *Oktober* steht im Hinterhof die *Gerichtsklause*, eine urdeutsche Gaststätte mit gutbürgerlicher Küche: „Der Volksmund nannte sie die Meineidsdiele", sagt Karl Wiegand über die bei den Juristen beliebte Gaststätte. „Sie war schon früh eine echte In-Kneipe", weiß auch Kultwirt Schorse Winter.

1972 übernimmt Mario das Lokal und wagt was Neues: „Mit seinem *Ristorante Bella Napoli* war Mario der erste Italiener in der Altstadt", sagt Gastronom Frank Heck. Wenig später erkennt Mario in den 70er-Jahren eine weitere Marktlücke: die Pizza to go. „Sein Pizza-Straßenverkauf war eine Sensation. Mit dem Laden in der Bahnhofstraße war er der erste in Bielefeld", so Frank Heck.

Viel Plüsch und Plastik: das *Atlantic* in den 50er-Jahren.

Genug mediterran gegessen, jetzt geht's zur Sache. Wir stehen vor dem *Atlantic*, ein zwielichtiges Lokal, das die Qualitäten seines Personals auf Fotos im Schaukasten an der Hauswand anpreist. Barbusige Mädchen posieren hier ungeniert, und Mütter haben Mühe, ihre halbwüchsigen Söhne zum Weitergehen zu ermuntern: „So was wollen wir nicht sehen, das ist doch eine Lasterhöhle!"

Das *Atlantic* an der Kreuzstraße: Seine besten Zeiten hat der Animierclub Anfang der 90er bereits hinter sich. In den 70er-Jahren kommt der Zusatz *Cabaret* hinzu.

„Einer der letzten Stripläden in Bielefeld" – kurz und knapp klärt Uwe Fastabend auf, was los ist hinter der langweiligen Nachkriegsfassade an der Kreuzstraße. Hier ist bis Anfang der 90er-Jahre die Sünde zuhause!

Natürlich haben die Damen das ganze Repertoire drauf. Nicht nur, dass die Schönheitstänzerinnen genannten Stripperinnen auf der Bühne aktiv sind – nein! Sie kommen auch an die Tische. Wer Sekt bestellt, der kann sich ihrer Gunst sicher sein.

Das *Atlantic* gehört in den 50er-Jahren Fußballer Rudi Poch, eine Zeitlang ist Hans Bernstein Besitzer des Etablissements. Carl Schreiber vom *Trocadero* soll hier in den 50er-Jahren ebenfalls Mitinhaber gewesen sein.

Anneliese Bolten arbeitet in den 60er-Jahren an der Bar des *Atlantic*. Später ist sie unter anderem in *Onkel Toms Hütte*.

Wem auch immer das *Atlantic* gehört, sie alle wissen ihr Publikum zu unterhalten. Etwa mit Belinda O'Hara, die in Wirklichkeit Jaqueline heißt und aus dem Ruhrgebiet kommt. Sie hat ein treues Publikum im *Fürstenhof* und im *Atlantic*. Tanzt sie vor lustvollen Männeraugen barbusig auf ihrem Pferd Malachit, herrscht Windstärke 12 auf Bielefelds innerstädtischem Ozean!

Mit dem *Atlantic* ist es ein bisschen wie mit Dallas: Niemand hat's gesehen, aber alle wissen Bescheid. „Im *Atlantic* waren alle mal", bringt es Martin Stiller, zwischenzeitlich leider verstorbener Kultwirt, auf den Punkt.

Mit diesem Wissen verlassen wir den sündigen Ort und gehen dorthin, wo die Breite Straße feiertechnisch am schönsten ist: am Ende. Hier, wo Klaus Groth heute die Tanzschule Weissenberg betreibt, freuen sich in den 80er-Jahren die Gäste auf einen gemütlichen Abend im *Hannenfass*.

Das *Hannenfass* – Bielefeld im Altbierrausch

Das Haus hat eine lange Gaststättentradition. Bevor die Firma Reiff & Sohn 1884 ihre Brauerei erweiterte, soll hier – damals hieß die Straße Am Scharrn – die *Gastwirtschaft Wilhelm Mink* gestanden haben. Im Frühjahr 1980 wird der Altbierkeller *Hannenfass* in den historischen Gewölben eröffnet. Werner Grau und seine Ehefrau Christel Käding betreiben in den Anfangsjahren das Lokal, das nach einem Bombentreffer auf den alten Grundmauern wieder aufgebaut wurde.

Mittelpunkt und Attraktion ist der Brunnen im Kneipenraum. Jochen Hartmann, zu der Zeit tätig im *Hannenfass*, erinnert sich gut daran, wie der zufällig entdeckt wurde: „Nachdem das Bauamt bei der Abnahme einen Baufehler an den Toiletten moniert hatte, haben wir veranlasst, dass der gesamte Boden einen halben Meter abgetragen wurde. Dabei kam der Brunnen zum Vorschein."

Hannenfass-Idylle der 80er-Jahre: Zapfer Jochen Hartmann, Dirk Luig, Bassist bei Nothing, Thekenbedienung Jutta und *Hannenfass*-Chef Werner Grau.

Prima Stimmung im *Hannenfass* bei Anne Westermann.

Ein Tänzchen in Ehren: Carsten Kuhlmann und Jochen Hartmann.

Zunächst, und der Gedanke liegt ja nahe, nimmt man an, dass im Brunnen reinstes Lutterwasser sei. „Das ist aber nicht so", sagt Jochen. Woher das Wasser kommt, bleibt ein Rätsel, bis eine Wasseranalyse Klarheit in die Sache bringt – Jochen: „Das Wasser kommt aus einer Ader, die sich unterirdisch von Bad Iburg bis Bielefeld zieht." Nur, was macht man mit einem Brunnen, den man zufällig in seinem Lokal findet? Immerhin misst er 14 Meter, ist also viel zu tief, um mal die Füße darin zu kühlen. Jochen weiß Rat: „Unten kamen Pflanzen rein und zwei Goldfische mit den Namen Krawuttke und Kriwalda. Auf den Brunnen legten wir eine bruchsichere Glasplatte, und fertig war ein origineller Stehtisch."

An dem genießen die Gäste vor allem ein Getränk: Altbier. Es ist Ende der 70er-, Anfang der 80er-Jahre das beliebteste Bier in Bielefeld – als Alt, Alt Schuss oder Altbierbowle löst es einen wahren Rausch aus, auch beim Umsatz. Jochen: „Im Hannenfass haben wir Meter Altbier verkauft und kleine Fässchen." Damen hingegen bestellen auch gern Kellergeister. Der Perlwein mit dem Teufelchen als Maskottchen ist in dieser Zeit das Modegetränk.

Nach wenigen Jahren verlassen Werner und Christel das *Hannenfass*, Jochen bleibt noch ein wenig und übergibt die Gaststätte schließlich an Werner Dopheide. Ihm folgen Anne Westermann und Michael Gurschinsky, der das *Hannenfass* Mitte der 90er in *Zischke* umbenennt.

Zum guten Schluss eine Anekdote aus dieser Zeit. Der Heilpraktiker und Arminia-Sponsor Ralf Wigand lädt Freunde und Weggefährten zu seinem 40. Geburtstag ins *Zischke* ein. Uli Braun bringt im Auftrag von Arminia einen großen Präsentkorb mit – daran eine 50, was

Wohl einen zu viel gezischt im *Zischke*? Arminia-Legende Uli Braun gratuliert Ralf Wigand zum 50. Geburtstag. Doch der wird erst 40.

für viel Heiterkeit unter den Gästen sorgt. Uli nimmt's sportlich: „Kleiner Irrtum, 50 wird er auch noch, so viel ist sicher."

Na dann, feiert noch schön! Auf uns wartet ein weiteres Schwergewicht im Bielefelder Nachtleben: der *Ambassador-Club.* Doch bevor wir uns bei Hermann Bickhoff die Nacht um die Ohren hauen, legen wir einen Zwischenstopp ein.

Die guten Nachbarn vom *Neustädter Hof*

An der Kreuzstraße, direkt neben der Fußgängerampel vom Naturkundemuseum, liegt die Gaststätte *Neustädter Hof*. Und hier besuchen wir Gretel und Hans Mühlenweg.

Wo einst die *Grüne Tanne* stand, eröffnet das junge Ehepaar 1958 seinen *Neustädter Hof*. Schon die *Grüne Tanne* von Hans' Vater Otto Mühlenweg ist ein Traditionslokal an der damals sehr schmalen Kreuzstraße. Der *Neustädter Hof*, ein gutbürgerliches Speiselokal, knüpft daran an. „Ich kam mit 16 aus Schlesien und ging ungelernt als Näherin zu Niemann und Harde an die Zimmerstraße", erinnert sich Gretel Mühlenweg an ihre Anfänge in Bielefeld. Sie lernt Hans kennen, er hat eine Kochlehre im *Bielefelder Hof* absolviert, mitten im Krieg – Gretel: „Ein Franzose hat ihm die Feinheiten der französischen Küche beigebracht."

Jahrzehntelang ist der *Neustädter Hof* eine Institution – Hans und Gretel Mühlenweg sind die guten Nachbarn im Quartier hinter der Kunsthalle. Hier verkehren Sportvereine und Rechtsanwälte mit ihren Kollegen von der Staatsanwaltschaft, Anwohner, Studenten und viele Menschen aus Bethel: „Von Bethel übern Berg kamen regelmäßig Gruppen, die bei uns eine Kleinigkeit zu sich nehmen wollten, aber auch das Personal – Pfleger wie Ärzte –, wenn die was auszugeben hatten." Vor allem die Kinder aus Bethel möchten hier gern eine Brause trinken. Vier Worte zu den Pflegern genügen: „Wir wollen nach Gretel." Immer wieder zu Gast ist Antje Vollmer, die damals in Bethel arbeitet. „Später war sie als Grünen-Politikerin öfters im Fernsehen. Für uns war das immer die Antje."

„Mir war es wichtig, alle gleich zu behandeln", blickt Gretel Mühlenweg heute zurück auf die Jahre im *Neustädter Hof*: „Es

Die *Grüne Tanne* wird im Krieg zerstört und nicht wieder aufgebaut. Hier entsteht ein Neubau, darin der *Neustädter Hof*.

Hans und Gretel Mühlenweg führen 30 Jahre lang den *Neustädter Hof.*

Auch wir sagen auf Wiedersehen und wenden uns dem *Ambassador Club* in direkter Nachbarschaft zu.

war mir egal, ob einer Richter war, Arbeiter, Schüler oder Student. Oder eben aus Bethel kam. Sie waren allen meine Gäste, und jeder bekam, was er gern mochte. Hans hat auch abends um 10 noch einen Salat für die Mädels aus der Gymnastikgruppe gemacht."

1988 ist Schluss für Hans und Gretel im *Neustädter Hof* – kein leichter Abschied nach so vielen Jahren: „Unsere Gäste hatten Tränen in den Augen, und wir weinten gleich mit." 1990 übernehmen Russo und Messina Salvatore das Restaurant; mit ihrer Pizzeria *U'Fucularu* treten sie noch einige Jahre als Nahversorger im Quartier auf.

Willkommen im Club!

Hier, am Fuße des Sparrenberges, liegt das imposante Haus, das bereits vor dem Krieg bis 1949 das *Café Krück* beherbergt hatte. 1955 eröffnen die Brüder Hermann und Wilhelm Bickhoff im Haus ihres Vaters die *Uhu-Stuben*, zwei Jahre später die *Bier-Tankstelle*. Davor kennen die Gäste das Haus als Gaststätte *Oase*.

Im Sommer 1965 schließlich steigen die beiden Brüder mit der Eröffnung des *AC* in die Beletage der Bielefelder Gastronomie auf. Bald teilen sie ihr Geschäft: Hermann bleibt im *AC*, Willi eröffnet den *Saloon 1900* in der August-Bebel-Straße.

Einst die *Oase*, ab 1965 der *AC* von Hermann Bickhoff.

Maryon Stemmer aus Senne – 1957 von Peter Frankenfeld zur ersten Miss NRW im *Trocadero* ausgerufen – und ihr Mann Ingolf sind in den 70er-Jahren oft im *AC*. Sie ist Clubmitglied und hat, wie alle guten Gäste, einen eigenen Schlüssel für das Lokal. Wer im Club unbekannt ist und Einlass begehrt, der muss sich einer Gesichtskontrolle unterziehen: „Da war der Chef streng!"

Mit Ingrid Lamm steht Bielefelds erste D-Jane im *AC* am Plattenspieler. Sie zögert nicht, als Hermann ihr 1967 anbietet, Platten im Club aufzulegen. So tauscht die junge Studentin für zwei Jahre Jeans und Pulli gegen Samtrock und weiße Bluse: „Das kennt heute niemand mehr: Zwischen den Songs wurde moderiert, die Zeit brauchte man, weil ja die Schallplatten gewechselt werden mussten." Und was hast du deinen Gästen zum Tanzen serviert? „Musikwünsche dominierten, zu 90 Prozent wurde gespielt, was die Gäste hören wollten." Auch Jutta und Bernd vom *Piano* sind die Jahre zuvor beide DJ im *AC*, erinnert sich Renate Winkler: „Ihr Hund hieß Muck-Muck."

Hermann Bickhoff führt den legendären *Ambassador Club.*

Oft zu Gast im *AC* ist Udo Jürgens. „Einmal rief einer an und sagte, Udo Jürgens will gleich kommen und was essen. Mein Vater glaubte das nicht, bereitete aber trotzdem was vor. Dann kam Udo wirklich", erzählt Bickhoff-Sohn Herbert aus den Anfangsjahren des *AC*. Aus dieser ersten Begegnung zwischen Udo Jürgens und Hermann Bickhoff ist eine langjährige herzliche Freundschaft geworden, die bis zum Tod des Weltstars 2014 andauerte.

Überhaupt, die Stars. Die besuchen nach ihren Auftritten auf den Bielefelder Bühnen gern den Club. Nur für dieses Buch gestattet uns Herbert Bickhoff einen Blick ins Gästebuch des *AC* (S. 19), in dem sich die Prominenz der 60er- bis 80er-Jahre verewigt hat: Gunter Sachs und Uschi, Rolf Eden, Gerd Böttcher, Mary Roos, Udo Jürgens, die Jacob Sisters, Karel Gott, Michael Holm, Wolfgang Sauer, Chris Howland, Hildegard und Lotti Krekel, das Golden Gate Quartet, Chris Roberts ...

Doch auch ohne die Größen des Showgeschäfts wird es nicht langweilig. Mit Spannung warten die Gäste Abend für Abend darauf, dass DJ Gerd Oberwittler um Mitternacht eine Platte auflegt: „Es ist noch Suppe da!" Dann heißt es: Tischlein deck dich! „Immer punkt Mitternacht schwebte ein Riesenkessel mit Suppe ins Lokal", erinnert sich Maryon Stemmer.

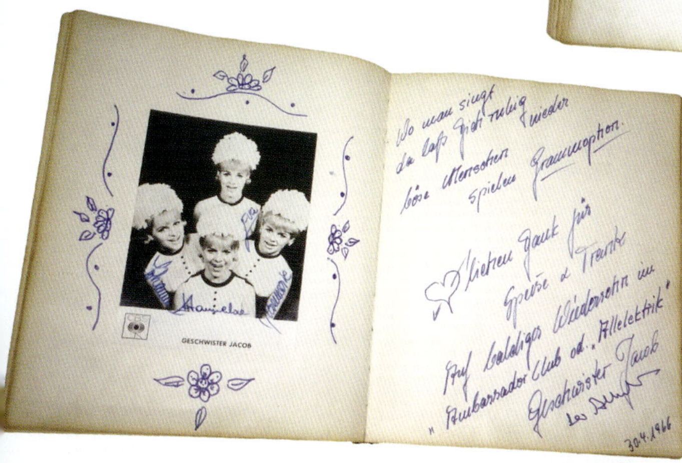

Blick ins Gästebuch: Der *AC* – Treffpunkt der Stars.

Gerd Oberwittler (rechts) ist „Schallplattentitelansager" – oder „Rillenquäler", wie er scherzhaft bezeichnet wird.

„So war es", bestätigt DJ Gerd, dessen offizielle Berufsbezeichnung „Schallplattentitelansager" lautet: „Der Tisch war in die abgehängte Decke integriert und schwebte an vier Seilen über der Tanzfläche herunter, bestückt mit Tellern, Suppentassen und Besteck. Blitzschnell wurde die leere Terrine gegen eine volle ausgetauscht. „Tischlein deck dich" hatte Hermann es getauft, um die Zeit um Mitternacht zu beleben. Es gab Erbsen-, Linsen- oder Gulaschsuppe." Ein Abend bleibt allen Gästen in Erinnerung – Gerd: „Nur einmal hatte die Technik versagt. Der Tisch kam in Schieflage herunter und ehe ich ihn stoppen konnte, zerdepperten so etliche Teller und Suppentassen. Aber die Idee war erfolgreich: Volles Haus um 24 Uhr!"

„In den 80ern gab es das nur noch für besondere Anlässe oder sehr gute Gäste", sagt Nicola Schmidtmeier. Sie kellnert in dieser Zeit im *AC*, gemeinsam mit Gerd Siekmann. Bardame ist in diesen Jahren Babsi, Horst Mallet vom *Dixi* ist Türsteher.

Den braucht das *AC* auch, denn immer öfter verirren sich Leute in den Nachtclub, die besser ins Bett gegangen wären. „Hermann hat aufgepasst, dass Betrunkene nicht ohne weiteres reinkamen, Stammgäste ja, aber nicht die Krawallmäuse", sagt Nicola: „Vereinzelt gab es noch Gäste, die einen Schlüssel hatten, aber das war in den 80ern nicht mehr üblich."

In diesen Jahren wird es allmählich ruhiger um den *AC*. Lange Öffnungszeiten, nächtliches Grillen und warme Küche bis 5 Uhr locken nicht mehr – das einst imageträchtige Haus lebt einige Jahre lang nur noch von seiner Substanz.

Hermann Bickhoff und seine prominenten Gäste. Mit Michael Holm und seinem Manager besucht er den *Hoberger Jägerkrug*, das Golden Gate Quartet wird im AC verwöhnt.

Mit Oben-ohne-Wettbewerben und allerlei anderen Narreteien versucht Hermann Bickhoff, den *AC* noch einmal aufzupolieren. Doch das einstmals feinste Haus zwischen Hannover und dem Ruhrgebiet kann mit der barbusigen Uschi aus Dortmund, mit Astrid aus Bielefeld und Conférencier Diabola nur kurzzeitig auftrumpfen. Hermann Bickhoff behält den *AC* bis 2003 und verkauft das Haus schließlich.

Allmählich naht das Ende unseres kurzen Spaziergangs, der bis hierhin auf gerade mal 300 Metern einige Bielefelder Gastro-Glanzlichter bündelt. Vor unserer letzten Station, dem *Ex*, bleiben wir kurz an einem Kleinod am Nebelswall stehen.

Mutter Germer – wo die Lutter das Bier kühlt

1868 wird das Haus als erstes Gebäude am Nebelswall errichtet. Über viele Jahrzehnte ist bis 1980 darin ein Lokal – die *Gaststätte Germer*. Von der letzten Wirtin, weithin nur Mutter Germer genannt, wird erzählt, dass sie ihre Bierfässer im Wasser der Lutter kühlt, die rechts am Haus vorbeifließt. Bernd Junghans hat das Bild lebendig vor Augen: „Eine absolut geile Kneipe. Die Wirtin war der Hammer."

Ende der 80er-Jahre übernimmt Uwe Hofmann, Betreiber des *Café Oktober* und Architekt, das heruntergekommene Haus und baut mit großem Aufwand das *Café Rodin*. Das Café, wohl in Anspielung an Rodins Skulptur „Der Denker" an der Kunsthalle, liegt hinter selbiger an einem lauschigen Plätzchen an der hier auf wenige Meter offenen Lutter.

Marion Czypull, die uns vorhin bereits als Kellnerin im *Café Oktober* begegnet ist, begleitet den Umbau. „Es sollte ein Café mit

Die *Gaststätte Germer* besteht seit Generationen. In den 90er-Jahren baut Uwe Hofmann hier das *Rodin* hinein.

Anfang der 90er-Jahre eröffnet Uwe Hofmann (blaue Jacke) das *Rodin*. Am Eröffnungstag mit dabei ist Travestiekünstler Bernd Meyer (mit Zylinder), Inhaber von Moda Uomo im Ratscafé.

Beim Umbau 1990 bleibt lediglich die Fassade der *Gaststätte Germer* stehen.

Galerie werden", sagt Marion, die die Manuskripte für den Umbau der *Gaststätte Germer* schreibt. Bis auf die denkmalgeschützte Fassade wird das gesamte Gebäude abgebrochen und neu erbaut. „Wir errichten ein Minipalazzo für Kultur und Leben in Verbindung mit einer kleinen Gastronomie", sagte Uwe Hofmann damals. Nach einigen Anläufen und Baustillständen kann das *Rodin* schließlich eröffnen – es ist Uwe Hofmanns letztes Projekt.

Fünf Jahre später kauft Unternehmerin Cornelia Delius das *Café Rodin* und eröffnet darin eine Sushi-Bar. 2016 veräußert sie es weiter.

Peter Maffay ist gern in Bielefeld bei Wohlrath Mensching im *Ex*.

Wir verlassen den Ort der Musen, grüßen im Vorübergehen Tüddi, der aus dem *Dixi-Stübchen* winkt, und steigen hinab in die Unterwelt – zu den Kellergeistern!

Tief unten, aber nicht unterirdisch!

Die Bielefelder gehen zum Lachen in den Keller, sagt man. Ist natürlich Quatsch. Sie gehen in den Keller – zum Tanzen! Im Untergeschoss des Eckhauses am Ende der Obernstraße, gegenüber dem *Dixi* und der Buchhandlung Rappenecker, betreibt Willi Dreismann um 1970 seinen *Playboy Beach Club*.

Jürgen Drews ist im *Ex* seinen Fans ganz nah.

Im größten Partykeller der Altstadt geht es wahrhaft exotisch zu. Der DJ hat seine Anlage in einen Sarg eingebaut, Travestie-Shows locken das Publikum, Oben-ohne-Bedienungen servieren Getränke, die auf den Namen Bacardi Cola und Tequila Sunrise hören, auf Batida Kirsch und Bols Blue Orangensaft. Und auch Otto Waalkes, zu der Zeit ein Insider-Tipp, tritt hier auf, erinnert sich Klaus Stuckenbröker.

Doch bald ist damit Schluss. Willi Dreismann gibt das Lokal an Wohlrath Mensching und seine Mutter Hedi ab – jetzt heißt es kurz und bündig *Ex*.

Gehören im *Ex* zum Inventar: Petra Maler und DJ Robbie.

Immer für einen Spaß zu haben: die beiden Zapfer Bimbo (links) und Rüdiger (rechts).

Leitet das *Ex*: Wohlrath-Freundin Brigitte Kirchner.

„Wohlraths Mutter passte immer auf wie ein Luchs", denkt Renate Winkler zurück an Hedi, die allabendlich in der Nische im Torbogen sitzt und genau beobachtet, was im Laden passiert.

Statt barbusiger Serviermädchen bestaunt das Publikum nun Stars auf der kleinen Kellerbühne, die es sonst nur in der „ZDF-Hitparade" oder in der „Disco" bei Ilja Richter zu sehen bekommt: „Hier traten bald jede Woche große Namen auf: Jürgen Drews, John Kincade, Ricky Shayne, Peter Maffay", sagt Renate Winkler.

Wer ins *Ex* reindarf, entscheidet unter anderem Türsteher Goran. Drinnen lassen sich die Gäste von Rüdiger oder Bimbo an der kleinen Theke was Schönes zapfen oder nehmen hinten Platz an den wenigen Tischen, an denen Lilly Höke, Petra Maler und Anne Meyer bis Anfang der 80er-Jahre bedienen – Petra: „Ins Ex passten gerade mal 150 Gäste, der Laden war immer voll." Vorne im Lokal legen derweil Auwa oder Jo Werber Platten auf, auch Löwe Rond, Robbie und Herbie sind beliebte DJs. Bald ist die kleine beleuchtete Tanzfläche gut gefüllt.

Ein Motiv für Kenner: Helmut Rond ziert einen Aufkleber vom *Ex*.

In den 80ern gibt Wohlrath Mensching das *Ex* an einen Gastronomen aus Detmold ab, der in Bünde das *Flair* betreibt. So nennt er seine neu erworbene Bielefelder Location ebenfalls. Doch lange bleibt er nicht, dann gibt es in den 80ern erneut einen Inhaberwechsel. Im *Cha-Cha*, wie das Lokal jetzt heißt, zapft Lothar Remke und Dieter Bohl kellnert. Es sollte eine Top-Adresse mit gehobenem Ambiente werden, doch das Publikum bleibt zurückhaltend. Ende der 80er schließlich wird das Haus abgerissen.

Von der Baustelle verabschieden wir uns fürs Erste, beim nächsten Rundgang geht's schon wieder in den Untergrund. Oder besser: in den Underground ...

Die Obernstraße aus der Vogelperspektive. Rechts das *Dixi*, gegenüber in der Bildmitte das *Ex*.

Rundgang 2

Von Aussteigern, Abstiegen und Aufstiegen

Von der Altstadt in die Welt der Villen und Vorgärten am Fuße des Johannisbergs ist es nur ein kurzer Weg. Wobei unser erstes Lokal auf diesem Spaziergang alles ist, nur eines nicht: gutbürgerlich. Und auch zum Ende wird's ein wenig lauter ...

Hippies, Krautrock und der Plus-Minus-Deckel

Der Weg zu Bielefelds Underground führt hoch hinauf. Genauer gesagt: in die Hochstraße. Oberhalb des Ostwestfalendammes erinnert heute nichts mehr daran, dass hier in den 60er- und 70er-Jahren Bielefelds schrillstes Lokal steht: die *Johannislust*. Der Lieblings-Treffpunkt der alternativen Bielefelder Szene war jahrzehntelang ein bürgerliches Ausflugslokal, jetzt trifft sich hier ein buntes Völkchen, das null Bock hat auf piefige Zweizimmerwohnungen und eine Lehrstelle bei Dürkopp oder Anker.

Mit dem Abriss des Schützenhauses 1970 übernehmen Hippies endgültig den Hang. Im alten Ausflugslokal *Johannislust* unterhalb des Schützenhauses wohnt jetzt ein Kollektiv, das eine Kneipe betreibt und Konzerte auf der Waldbühne organisiert. Und das, obwohl es zeitweise keine Schanklizenz hat, wie Rainer Bäumer sich erinnert: „Die hängten einfach ein Riesenplakat ins Fenster mit der Aufschrift: Dies ist ein sehr gastfreundliches Wohnhaus."

Gerechnet wird hier nach eigenen Regeln. „Ursprünglich gab es auf der *Lust* Plus- und

Ein Wannenbad unter freiem Himmel – auf der *Lust* geht das. Allerdings muss das Wasser vorher im gemauerten Badeofen (Bildmitte) erhitzt werden.

Das Publikum der Waldbühne wartet auf einfachen Sitzgelegenheiten auf die Aufführung.

Minusdeckel. Man konnte 100 Mark einzahlen und dann für 110 Mark saufen", erinnert sich Bernd Junghans: „Irgendwann zählte man mal die Minusdeckel zusammen und kam auf die irre Summe von fast 10 000 DM. Da lagen Deckel von Leuten, von denen keiner eine Ahnung hatte, wer das überhaupt war."

Und auch draußen geht es rund. „Chaotisch und Anarcho pur", sagt Bernd über die WG, die im letzten Gebäude links in der Hochstraße haust. „Draußen war 'ne Badewanne und ein Kessel mit 200 Liter. Den musste man anheizen und dann ging es ab", erinnert sich ein anderer Besucher an das Angebot der Kommune, ein Vollbad unterm Nachthimmel zu nehmen.

Wobei nicht alle WG-Mitglieder im Haus leben. Mit der Zeit entsteht eine richtige Wohnlandschaft auf dem Grundstück. Holzhütten, Baumhäuser in schwindelerregender Höhe und Bauwagen erweitern das Ensemble, zwischendrin die riesige Baumschaukel: „Die Todesschaukel in der Trauerbuche – nur vom Dach von Peters Baumhaus zu besteigen. Lebensgefährlich geil", sagt Stephan Stolze.

Die Waldbühne in den 70er-Jahren. Gleich tritt hier die Gruppe Tadzio auf, benannt nach der Hauptfigur von Manns „Tod in Venedig".

Auf der Freilichtbühne spielen Bands wie Embryo und das Checkpoint-Charlie-Orchester Krautrock und Jazzrock. Bald entsteht das Johannislustorchester – auf einem Holzschild am Baum steht bei Konzerten der Hinweis, dass auch Musiker nicht von Luft und Liebe leben können: „Eine Mark sollte jeder für die Musik bezahlen."

Drinnen stehen alle Signale auf Klassenkampf. „Hier lief Konstantin Wecker in Maximallautstärke", so Rainer Bäumer. „Hauptmusik war Rio Reiser. Und bei ‚Das ist unser Haus' sprang man auf Tische und Bänke und grölte mit",

Alternative Hochzeit auf der *Johannislust*. Selbstverständlich darf „Priester" Dieter Schwinning mit dem Brautpaar anstoßen.

Einige Bewohner der Lust leben in kleinen, selbst gebauten Holzhütten. Dodo Rahe: „Die Hütte von Horst stand seitlich gegenüber der Bühne."

sagt Bernd Junghans. Manchmal macht auch Orgel-Hugo meditative Musik. Was wiederum kaum jemanden begeistert.

Das Treiben bleibt nicht lange unentdeckt: „Das Bild, das sich den Streifenteilnehmern auf der *Johannislust* bot, war ungemein schockierend. Man kann wohl sagen, dass die sogenannte ‚Einrichtung' des Lokals mehr als nur verschmutzt ist. Die Besucher des Lokals schienen jedoch genau hierher zu passen. Sie standen den Räumen an Verwahrlosung nicht nach." So beschreibt eine Jugendschutzstreife der Polizei und des Ordnungsamtes nach einem Kontrollgang durch Bielefelder Kneipen und Diskotheken im Oktober 1971 den Zustand der *Johannislust*.

„Bei Ausfahrten mit dem Moped über die ansteigende Kaselowskystraße kam man auch an der *Johannislust* vorbei, eine Lokalität, die es schwer hatte, gewisse Hygienevorschriften einzuhalten", beschreibt Peter Fortmann aus der Altstadt diplomatisch die Zustände auf der *Lust*: „Es hielten sich dort damals auch ‚Künstler' auf, die sich auf der Holzbühne mit progressiven oder auch esoterischen Darstellungen versuchten, überwiegend amüsant bis skurril. Die Einflüsse der Hippie-Ära ließen grüßen."

Nicht jeden Gast heißen Wilhelm, Kläuschen, Kaufi und all die anderen von der *Lust* gleich willkommen. Stephan Stolze: „Wehe, wenn Peppi mit seiner Gang aus Kleinkorea kam.

Peppi war ein Grusel-Charismatiker. Dessen stumme Anwesenheit reichte, um den Laden in ein paar Minuten leer zu haben. Alle Hippies weg, und die Hausbewohner mussten allein mit ihm klarkommen."

Ende der 70er-Jahre sind die Tage der *Johannislust* gezählt. Für den Bau des Ostwestfalendammes wird ein Teil des Johannisbergs geopfert, zugleich sind die Bewohner durch die Schnellstraße von der Stadt abgeschnitten. Drogenexzesse, Saufgelage und Schlägereien nehmen zu, die die einst friedliche Hippie-Idylle zerstören. Nach dem Ende einer längeren Erbauseinandersetzung wird das alte Gasthaus abgerissen. „Der Mitbegründer der Anarchokneipe, Reinhard Treder aus Heepen, lebte dann später jahrzehntelang auf Korsika in einer Höhle, züchtete Ziegen und stellte Ziegenkäse her", weiß Bernd Junghans.

Der „Spätfrühling – Markttage der Kultur" von 1979 bis 1982 bringt noch einmal einen Hauch Hippie-Kultur auf den Johannisberg. Der Verein Mauerblümchen richtet das alternative Festival aus, das Zehntausende Besucher anzieht. Musiker, Artisten, Pantomimen und Poeten treten auf drei Bühnen auf, Kunsthandwerker und Büdchen mit Speisen aus aller Welt säumen den Platz. „Wer sich an den Spätfrühling erinnern kann, ist nicht dabei gewesen!", so Ingolf Lück in „Weißt du noch? Die 80er-Jahre in Bielefeld": „Sex 'n' Drugs 'n' Rock 'n' Roll, das alljährliche Hochamt der Bielefelder Hippiekultur. Wunderbar! Wenn ich dran zurückdenk', muss ich weinen vor Glück."

Vom Johannisberg gehen wir nun abwärts Richtung Stadt, gastronomisch jedoch erklimmen wir jetzt einen Achttausender: Wir besuchen das traditionelle *Gasthaus Vahle* an der Werther Straße.

„Spätfrühling – Markttage der Kultur" – von 1979 bis 1982 erlebt der Johannisberg eine kurze Hippie-Renaissance.

Frank Guionnet – Meisterkoch und Überraschungsei

1866 eröffnet Bäcker August Vahle aus Hörste eine Bäckerei mit Ausschank und Gemischtwarenladen. Lange Zeit gehen die Bielefelder ins *Westend-Ressource*, wenn sie Vahles Wirtschaft im damaligen 1. Canton einen Besuch abstatten. 1896 wird das Haus errichtet, in dem heute noch immer *Vahle* ist – in der praktisch unveränderten Einrichtung aus dem Eröffnungsjahr.

Gasthaus Vahle – im Interieur aus der Gründerzeit fühlen sich die Gäste wohl.

Die *Gaststätte Vahle* ist seit jeher ein Anziehungspunkt im oberen Westen. Lange Zeit trug sie den Zusatz Westend.

August Vahles Enkelin Anneliese übernimmt die Gaststätte gemeinsam mit Ehemann Wilhelm Müller 1946. Jetzt sagen die Gäste: „Wir gehen zu Müller-Vahle", wenn sie mal wieder eines von Annelieses einzigartigen Kochrezepten probieren möchten. „Sie duftete immer geheimnisvoll nach Lakritz", erinnert sich Patricia Lohmann an die beliebte Wirtin.

Klar, dass sich in diesem Umfeld eine illustre Gesellschaft einfindet. In dem Künstlertrupp, der sich bei *Vahle* trifft, sind Leute vom Theater wie Generalmusikdirektor Conz und namhafte Opernsänger, Arnold Becker, Sohn von Heinrich Becker, der Gründerfigur des Bielefelder Kunstmuseumswesens, Fotograf Vincent Böckstiegel, Sohn von Peter August Böckstiegel, und viele andere mehr.

Ein Blick ins Gästebuch von heute: Auch Roland Jankowsky alias Kommissar Overbeck aus der Fernsehserie „Wilsberg" war gern bei Vahle.

Daran hat sich bis heute nichts geändert: „Peter Sodann, Norbert Blüm, Gustav Peter Wöhler, Bruno Labbadia, Matthias Hain – überhaupt die ganze Arminia ...", zählt der derzeitige Wirt Michael Neumann die prominenten Gäste auf, die ihn und seine Ehefrau Elisabeth in den vergangenen zwei Jahrzehnten beehrt haben.

Mit Marlies und Josef Schwietert wird das Gasthaus ab 1972 erstmals nicht mehr von der Familie geführt. Sie bleiben zwölf Jahre, bis 1984 Christa und Frank Guionnet das rustikale Lokal übernehmen. Bei Christa und Frank fühlen sich Schlüsseldienst-Handwerker genauso wohl wie Postbeamte, Richter und Möchtegern-Reiche. Zwischen Antiquitäten, Sammlerstücken und Nippes sollen sogar Urteile für den nächsten Tag mit den anwesenden Anwälten besprochen worden sein.

Küchenmeister Frank Guionnet ist weit über die Grenzen der Stadt hinaus für seine Kochkunst bekannt. Entsprechend gesalzen sind die Preise – doch die Gäste kommen gerne, denn seine Küche steckt immer wieder voller Überraschungen. Überhaupt sprudelt Frank vor witzigen Ideen. Bekannt ist er für seine humorvollen Anzeigen in Zeitungen und Zeitschriften.

Auch RTL kennt Franks Qualitäten als Unterhalter. In der Sendung „Schreinemakers" ist er des Öfteren zu Gast, mehrfach gemeinsam mit Friseur-Weltmeister Michael Rosinski. Und als Darsteller hat Frank einige Auftritte bei TV-Richterin Barbara Salesch.

Nicht nur seine Gäste müssen bei Frank immer wieder mit Überraschungen rechnen. „Frank war sehr sprunghaft", erinnert sich

Immer für seine Gäste da: Frank Guionnet erzählt gern am Tisch verrückte Anekdoten.

Martin Stiller vom *Siekerfelde* an seinen Kollegen: „Er war einmal einfach nicht im Restaurant erschienen und verschwand spurlos. Halb Bielefeld war auf der Suche nach Frank. Bis zwei Tage später bekannt wurde, dass er mit seinem Kumpel Waschi im Freibad Brackwede den Süßigkeitenstand machte."

„Frank war Quartalssäufer", weiß einer seiner besten Kumpel: „Plötzlich war er zwei Wochen weg, war nirgends auffindbar." Dann ging die Sucherei in den Lokalen der Altstadt los, oft ohne Erfolg. Dabei hat er einen Kleiderfundus wie im Theater: Mal geht er völlig abgerissen auf Kneipentour, mal sieht er aus wie ein Dandy mit gegelten Haaren und teuren Klamotten. „Einmal lief er als Feuerwehrmann mit Helm und Uniform rum, oben auf dem Helm blinkte eine Lampe. Dabei guckte er wie eine Puppe und beobachtete, wie die anderen reagierten", erzählt ein Gast.

Im Jahre 2000 übergeben Christa und Frank die Gaststätte an Elisabeth und Michael Neumann, die *Vahle – einmalig anders* mit nur kleinen Veränderungen bis heute fortführen.

Im nächsten Lokal sind solche Verrücktheiten, wie sie Frank Guionnet im Repertoire hatte, undenkbar. Wir blicken zurück – in die 50er- und 60er-Jahre.

„Wir stehen auf Sie" heißt es in der Werbung von Frank Guionnet für sein *Gasthaus Vahle*.

Bei *Brakenbömmel* ist die Krawatte Pflicht!

Ein Stück weiter oben, an der Einmündung zur Weststraße, zeigt Nico Tsiatouras seinen Gästen, wie feine griechische Küche geht. Ende der 80er-Jahre eröffnet der frühere Kellner der *Schönen Aussicht* und des *Uni-Eck* das *Nicos* und macht sich bald einen Namen als Top-Restaurant. Unser Weg führt jedoch daran vorbei und direkt in die Sommerfrische, genauer gesagt: zu *Brakensieks Parkgarten* – gegründet im selben Jahr wie das *Gasthaus Vahle*, ebenfalls als Kolonialwarenladen mit Ausschank. Nur die Bäckerei fehlte.

Wer in den 50er- und 60er-Jahren etwas auf sich hält, der geht sonntags um 17 Uhr zum Tanztee ins *Brakenbömmel*. „So wurde das angesagte Tanzlokal genannt. Hier tanzten die Paare bei Blaulicht – das war eine Attraktion", erinnert sich Manfred Pott, damals Stammgast in dem Lokal oberhalb der Oetkerhalle.

Für Musik sorgt eine kleine Drei-Mann-Kapelle, serviert wird Piccolo oder die modische Sinalco-Brause aus Detmold, verfeinert mit einem Schuss Eierlikör – als „Kikeriki" steht es in der Karte. Die Herren der Schöpfung indes genehmigen sich ein Herrengedeck – ein Bier und einen Schnaps.

Das *Brakenbömmel* war ein Treffpunkt der Extraklasse, meint Manfred Pott: „Hier waren viele hübsche Mädels in tollen Kleidern. Vermutlich war es deshalb immer sehr voll. Selbstverständlich verlangte das Wirtspaar, die Eheleute Böhm, von den Herren Anzug mit Krawatte. Dazu trug man ein weißes Nyltest-Hemd mit kleinen schwarzen Punkten.

Sinalco ist bei den Damen im *Brakenbömmel* das Getränk der Wahl. Gibt es einen Eierlikör dazu – umso besser.

Einen Nachteil hatte das eingeschaltete Blaulicht: Man sah jeden Fussel auf der dunklen Garderobe."

Ende der 60er-Jahre ist *Brakensieks Parkgarten* Geschichte – 1969 wird das Lokal abgerissen und macht Platz für ein Gebäude der Pädagogischen Akademie an der Lampingstraße. Heute ist dort die Fachhochschule für Gestaltung untergebracht.

Es geht auf Talfahrt direkt zur Stapenhorststraße. Und hier erwartet uns ein Kleinod, das mindestens genauso viele Pächter hatte wie Fenster.

Das Haus der vielen Namen und Fenster

Lampion, Glashaus, Melody, Kafé Prost – die Auswahl an Namen unseres nächsten Lokals könnte sich beliebig fortsetzen, wenn sie sich bloß einer gemerkt hätte.

Wir sind angekommen in der Stapenhorststraße, direkt am Eingang zum Bürgerpark. In den 60er- und 70er-Jahren als *Lampion* unter der Regie von Klaus Schaffner, heißt das Haus mit den vielen Fenstern alsbald *Glashaus* mit schlichter Möblierung und dem beliebten Hansa-Pils aus der Halbliterflasche im Ausschank.

1979 eröffnet Konrad Männich in den Räumen sein *Kafé Prost*. Daneben betreibt Mannix, wie der Wirt in Kennerkreisen genannt wird, das *Unikum* an der Welle und das *Sammelsurium* an der Sieker Straße, das spätere *Extra* von Hussy. „Das *Kafé Prost* war eine typische Studentenkneipe", erinnert sich Wilfried E. Staemmler, der für Mannix im *Unikum* gekellnert hat: „Mannix war Wirtschaftsstudent und hat sein Studium abgebrochen, weil das mit den Kneipen so gut lief."

Im *Glashaus* geht es eher unkonventionell zu. Bekanntmachungen werden mit Kreide an die Scheibe geschrieben ...

... und drinnen gibt es Hansa-Pils aus Flaschen.

Petra Maler betreibt in den 90er-Jahren am Bürgerpark das *Café Melody.*

Zehn Jahre behält Mannix den Laden, 1989 taucht ein Flugblatt auf. Darauf gibt er bekannt: „5. Mai 1979 – 31. Mai 1989 *Kafé Prost.* – TRAUERANZEIGE – Nach 10 Jahren Bestehen in der Bielefelder Kneipenszene schließt das *Kafé Prost* am 31.5.1989. Schluß, Aus, Feierabend. In tiefer Trauer: Paul, Frank, Veronika, Gernot. Die Trauernden treffen sich am 29.–30.–31. Mai zum dreitäg. Dauerprosten (Eintritt) mit Live-Musik und kaltem Buffet."

Es folgen das *Café Pudding* und das *Café Bajazzo*, und bald darauf steht Petra Maler hier für einige Jahre am Zapfhahn. Sie nennt das Lokal *Melody* und betreibt es in den 90er-Jahren parallel zu ihrer *Cobra* im neuen *G-Haus.* „Durch die Veranstaltungen in der Oetkerhalle und die Arminenfans war hier immer gut zu tun", sagt Petra-Freundin und Servicekraft Doris Rogatty vom *Dixi* und *Dr. Litfass.*

Überhaupt: Arminenfans und Studenten. Sie sind auch gern zu Gast in der Nachbarschaft – im *Tinneff*. Die kultige Kneipe ist unser nächstes Ziel.

Ein Armine ist der Namenspate – das *Tinneff*

Eisenhütte, Forum, Lindenkeller, Pinte und nun das *Tinneff*: Anfang der 80er-Jahre eröffnen Karl Richter und Roland Deppe ihre Kneipe in einem traditionsreichen Haus.

Schütze heißt es vor dem Krieg, benannt nach dem Betreiberehepaar Else und Wilhelm Schütze. Nachdem Günter Wiegand das Lokal übernommen hat, wird es in *Haus Wiegand* umbenannt. Und nun, nach dem Wechsel, heißt es *Tinneff* – ein Name, der vielen Bielefeldern in bester Erinnerung ist.

1899 erbaut, ist es bereits 1926 Vereinslokal der Arminen. Hier trinken die Schwarz-Weiß-Blauen nicht nur ihr Bier nach Sieg oder Niederlage, hier sind über Jahrzehnte auch die Umkleiden von Gastgebern und Gästen. Hermann Peter, ehemaliger Arminen-Spieler von 1956 bis 1960, erzählt: „Bis in die 1960er-Jahre haben wir Spieler uns in den Räumen hinter der Gastwirtschaft umziehen müssen. Es gab nur eine Dusche für zwei Vereine und Schiedsrichter."

1982 übernehmen Karl Richter und Roland Deppe das Lokal und geben ihm einen neuen Namen. „Es sollte einen Bezug zu Arminia haben. Mit dem Namen *Tinneff* erinnerten wir

Arminias Amateure (Bild von 1964) ebenso wie die Profis müssen sich im Vereinslokal *Schütze,* dem späteren *Tinneff* (kleines Bild), umziehen. „Und nach dem Spiel war Tanz bei Schütze, mit Kapelle und vollem Saal", denkt Torwart Michael „Mike" Kröhn (3. von links) gern an diese Jahre zurück.

an den Arminia-Spieler Walter Röhe, genannt Tinnef, damals ein Idol in Bielefeld", erzählt Karl.

Bald zieht die schöne verwinkelte Kneipe Scharen von Studenten an, die hier kickern, Billard spielen oder im Biergarten verweilen. Statt Erbsensuppe, Schnitzel und Schweinsbraten gibt es jetzt Pizza und italienisch dekorierte Nudeln zu Studentenpreisen. Ein bei Studenten sehr beliebtes Gericht ist in den 80er-Jahren Zaziki mit Brot – „weil es einfach am billigsten war", erinnert sich Heinz Stelte: „Auch beliebt waren die frittierten Tintenfischringe."

„Als wir den Laden aufmachten, war er von Anfang an voll. Wir waren die erste große Studentenkneipe in der Nähe der Uni. Der Westen ist erst durch das *Tinneff* belebt worden", denkt Karl zurück. Die Stapenhorststraße ist zu der Zeit vierspurig – Karl: „Unsere Gäste kamen von nah und fern. Die Stapenhorststraße war jeden Abend hoffnungslos zugeparkt."

Und tatsächlich. In der Stadt sind Anfang der 80er Studentenkneipen Mangelware. Das *Café Oktober* und *Ferdis Pizza Pinte* haben zwar auch studentisches Publikum, sind aber weiter entfernt von der Uni. Auch im *Jordan* sitzen oft Studenten, „doch das Lokal war sehr klein", schränkt Karl ein. Und so baut er mit Roland Deppe eine interessante Konstellation auf: neue Studentenkneipe und traditionelles Arminia-Lokal: „Wenn Arminia spielte, war vor und nach dem Spiel die Hölle los."

Karl Richter (linkes Bild) und Roland Deppe (rechts) eröffnen 1982 das *Tinneff*. Auf dem Bild neben Karl: Friedrich Bohnenkamp, damals bei der NW, heute ein bekannter Dokumentarfilmer beim SWR.

„Im *Tinneff* ging das Studium in die abendliche ‚Verlängerung'", sagt Heinz Stelte: „Hier trafen sich Professoren, Dozenten und Studenten ‚außerhalb des Protokolls' oder, und hauptsächlich, privat. Viele davon waren Stammgäste. Man kannte sich, trotz der Größe des Lokals, persönlich oder zumindest vom Sehen." Bekannt zu sein, zumindest den Bedienungen, ist im *Tinneff* nicht ganz unwichtig: „Dies beschleunigte den Bestellvorgang", so Heinz Stelte: „Neuankömmlinge mussten bisweilen schon mal eine ganze Weile warten, bis sich ein Kellner herabließ, zu ihrem Tisch zu kommen – wenn man denn einen fand, denn der Laden war oft voll." Und auf dem alten Plüschsofa links in der Ecke dürfen „die Neuen" natürlich nicht Platz nehmen – das ist Stammgästen vorbehalten.

Nach dem Brand wird das *Tinneff* 2007 abgerissen.

Nach einem Jahr trennen sich die Wege von Karl Richter und Roland Deppe. Karl geht 1984 gegenüber in die *Almklause* von Hanni und Willi Madeja, Roland Deppe eröffnet im selben Jahr am Niederwall den *Ulmengarten* in direkter Nachbarschaft zu seiner Erfolgsstory *Olle Pumpe*. Ein Brand bereitet Ende 2007 dem *Tinneff* ein jähes Ende. Heute steht an der Stelle ein Wohnhaus.

Wohnhaus? Das passt so gar nicht in unser Konzept. Viel lieber wollen wir wissen, wo Karl sein nächstes Zuhause fand. Und dazu müssen wir gar nicht weit laufen.

Die *Almklause* – letzte Kneipe vor dem Stadion

Rund um die Alm gab und gibt es einige Kneipen, die vor und nach Spielen der Arminia regelrecht belagert werden. Eine davon ist in den 70er- und 80er-Jahren die *Almklause* gegenüber dem *Tinneff* in den Räumen der heutigen griechischen Taverne *Café Rempetiko.* Hier bewirten seit Mitte der 70er-Jahre Hanni und Willi Madeja mit ihrer hübschen Schwiegertochter Chrissie die Fans.

„Unglaublich viele Fans und fast alle Arminia-Spieler kamen zu uns", sagt die sympatische Frau, die mit Madeja-Sohn Detlef, seinerzeit Verteidiger beim VfB Fichte, verheiratet war. Sie weiß noch, dass es Hanni war, die den Namen *Almklause* erdachte: „Die Alm in Rufweite legte diesen Namen nahe."

„Die erfolgreichen Jahre der Arminia – 1980 bis 1985 – sind auch die besten der *Almklause"*, sagt Chrissie. Zum Ausschank kommt alles, was zu der Zeit angesagt ist: Herforder, Köpi, bayerisches Weizenbier. „Schon ab Mittag kamen die Fans, obwohl das Spiel erst um 16 Uhr begann", weiß Chrissie: „Wenn drinnen alles voll war, standen die Gäste draußen. Wir mussten sie dann auffordern, den Bürgersteig freizuhalten."

Wie im Ausschank ist Willi auch in der Küche stets sehr gut auf die Fans vorbereitet, wie Chrissie sagt: „Willi hatte an den Spieltagen immer große Mengen Mett am Siggi gekauft,

Karl Richter übernimmt 1984 die *Almklause* und benennt sie um in *Karlsklause.*

Nach Arminia-Spielen ist die *Alm-* und später die *Karlsklause* rappelvoll. Auf dem Bürgersteig ist an solchen Tagen kein Durchkommen.

Auch draußen schmeckt das Pils – Arminia-Fans sind da nicht wählerisch.

dazu kiloweise Zwiebeln, die er im Akkord hackte. Die Fans waren verrückt auf ‚Willis Mettbrötchen', weil die so gut zum Bier passten." Und auch die hausgemachte Erbsensuppe kommt gut an bei den Schlachtenbummlern von der Alm.

Willi ist die meiste Zeit in der Küche, Hanni, Sohn Detlef und Chrissie machen Theke, eine blonde attraktive Kellnerin bedient an den Tischen die Fans. Die revanchieren sich auf ihre Weise für die Gastfreundschaft: „Wenn die genug getrunken hatten, fielen alle Hemmungen. Dann fingen sie an, uns zu begrapschen. Aber Schwiegermutter hatte da stets ein Auge drauf und rief die Grapscher zur Ordnung."

Nicht nur die treuen Arminia-Fans gehen gern zu Willi und Hanni. Rüdiger Meyer erinnert sich an seine Schulzeit: „Viele Schüler von Bosseschule, Max-Planck-Gymnasium und Gertrud-Bäumer-Schule saßen schon um 11 Uhr in der *Almklause*, aßen ein Mettbrötchen und tranken ein Bier. Natürlich wussten die Lehrer das und machten Stichproben. Wenn Lehrer zur Kontrolle kamen, sagte Mutter Madeja: ‚Geht mal durch die Küche, dann finden die euch nicht.' Da durften wir als Schüler durch den Hinterausgang und kamen bei der Bosseschule raus."

1984 übernimmt Karl Richter die *Almklause* und nennt sie ganz unbescheiden in *Karlsklause* um. Ein Anlaufpunkt für Fußballfans aller Farben bleibt sie. Nach Karls Umzug ins *Stolander* Anfang der 90er-Jahre heißt die Kneipe eine Zeitlang *Treibhaus*. Wenige Jahre nach ihrem Weggang von der *Almklause* sterben die beliebten Gastronomen Hanni (1987) und Willi (1989) Madeja. Und auch von Karl müssen wir uns 2020 für immer verabschieden.

Wir sagen Lebewohl und ziehen weiter. Am Ende eines langen Weges wartet ein Highlight aus heimischer Destillerie.

Der *Tausendtrinker* in den End-70ern: Bielefelder und Fans von auswärts warten auf den Anstoß auf der *Alm*. Von links: Wolfgang aus Kaiserslautern, Peter Missing, Evi aus Kaiserslautern, Carsten Kuhlmann, Dieter Ostermann. Dahinter verdeckt: Jürgen aus Bochum.

Blaubeerkorn und Fan-Getümmel

Unser Blick schweift stadteinwärts zum heutigen *Heimat + Hafen*, wo jahrzehntelang die *Gaststätte Mahr* ihren Tresen hatte. „Mein Opa hat sie Anfang der 60er-Jahre verkauft", sagt Gerhard Mahr, der selbst während des Krieges hier einige Zeit gearbeitet hat.

„Das war eine typische Rentnerkneipe, die machte morgens auf, da standen schon die ersten Rentner vor der Tür", gibt Karl Richter Auskunft über das nachbarschaftliche Treiben: „Carola übernahm Ende der 70er-Jahre das Lokal und nannte es *Tausendtrinker*."

Der *Tausendtrinker* von Carola Göke ist, wie viele Kneipen rund um die Alm, Arminen-Fankneipe. Leider hat sie dabei nicht den besten Ruf. Vor allem zu Spielen auf der Alm zieht sie randalierende Fans an, Schlägereien und Polizeieinsätze sind an der Tagesordnung. Augenzeuge Karl: „Wenn Arminia spielte, hielten sich Ortskundige besser vom *Tausendtrinker* fern."

Je weiter sich die Saison dem Ende zuneigt, desto größer wird die Spannung: „Hielt Arminia die Klasse, war alles klar. Stiegen wir ab, war es das reinste Gefühlschaos", denkt Fan Jochen zurück: „Und Aufstiege erst recht: Da gab's kein Halten mehr, die ganze Straße war schwarz-weiß-blau."

Ein Getränk ist im *Tausendtrinker* Kult: Blaubeerkorn, am besten von Dreesbeimdieke: „Den habe ich hier zum ersten Mal getrunken, zusammen mit den Kaiserslauterner und Hamburger Fans. Die kannten das nicht", erinnert sich Carsten Kuhlmann. „Wir waren mal im *Tausendtrinker*, ein Spiel war ausgefallen und die Arminia- und Lautern-Fans versammelten sich im *Tausendtrinker*. Die tranken das Zeug gemeinsam literweise", so Ralf Helmig.

Vielen ist das Lokal danach als *Linie 4* bekannt, die ja bekanntlich drunterher kreuzt, bis 2012 Käpt'n Cerkez mit *Heimat + Hafen* ein bisschen Hamburger Kiez in den Bielefelder Westen bringt.

Zeit, den Anker zu lichten und die Segel zu hissen. Und schon zeichnet sich am Horizont ein weiteres Ziel an der lebhaften Kneipenmeile ab: die *Zwiebel*. Im Souterrain des Hauses Stapenhorststraße 61 erwartet uns Norbert Budewig, neben Susanne und Vassilios Christodoulou sowie Leo Preuß einer der Anwärter auf den Titel „Bielefelds ältestgedienter Gastwirt". Doch davon mehr im nächsten Spaziergang.

JWD – janz weit draußen

Auf Pilzsuche im Pullman-Mercedes

Ein beliebtes Ausflugsziel ebenso wie eine solide Schankwirtschaft für die Dornberger ist der *Pappelkrug*. Hanni und Willi Madeja sind Pächter der Gaststätte mit großem Saal, der von munteren Hochzeitsgesellschaften rege genutzt wird. Auch Udo und Renate Günzel sind einige Jahre hier.

Im *Pappelkrug* treten gerne Bands auf – hier: Ca va in den 80er-Jahren.

Mit der Uni kommt in den 70er-Jahren jede Menge junges Publikum nach Dornberg. Als die Disko *Carusell* eröffnet, wird aus dem *Pappelkrug* plötzlich – der Zappelkrug! „Die Straße und alle Nebenstraßen waren regelmäßig bis auf den letzten Platz zugeparkt", erinnert sich ein Nachbar des Traditionslokals. „Im *Carusell* habe ich unter dem Namen Otto aufgelegt. Beste Truppe mit Renate und Udo, Wuschel, Gerd Kinker", sagt Michael Lamass, der 1978 aufhören muss – der Bund ruft!

„Das *Carusell* war der einzige Laden, in dem niemand so genau nach dem Ausweis fragte", sagt Thomas Kleineschallau. Als 15-Jähriger kellnert er in den 70er-Jahren im *Pappelkrug* und erinnert sich an so manche Schlägerei, die damit beginnt, dass andere Cliquen in das Revier der Bültmannshofer eindringen: „Der *Pappelkrug* war das Stammlokal der Clique rund um den Bültmannshof. Wenn Baumheide anrückte oder andere Cliquen, dann war Ärger programmiert."

Nicht nur aus der Konserve, auch live wird dem Publikum reichlich Musik serviert. Die musikalische Bandbreite? Von null bis – unendlich. Punk und Funk werden hier in einem Wort ausgesprochen, Bands wie Abwärts finden ebenso ein begeistertes Publikum wie die Bielefelder Funkband Ca va. „Zwischen 1990 und 1993 haben wir mit der Musikkooperative Auftakt im *Pappelkrug* die Konzertreihe

„Soundz of the City" organisiert. Es spielten zwei Bands pro Monat, die stilistisch zueinander passten. Das waren tolle Abende, meistens freitags", erinnert sich Jochen Vahle, Sänger der Rockband Randale.

Unvergessen auch der jährliche Tanz in den Mai. Und ist der Mai gekommen, ist der *Pappelkrug* mit seinem schönen Biergarten bei Bikern beliebt. Auch die Rocker von Custodes sind hier einige Jahre regelmäßig zu Gast.

Später übernimmt Willi Dreismann das Lokal. Mit ihm kommt Personal, das wir aus der Altstadt kennen. Wir begegnen Otto sowie Frau Kuhfuß und Sabianca in der Küche.

Willi Dreismann ist nicht nur Gastronom, er hat auch ein Herz für bedürftige Popstars. „Er kaufte mal Les Humphries eine dunkelgrüne Pullman-Limousine ab, weil der Geld für seine Steuernachzahlung brauchte. Es war ein Mercedes 600 Pullman mit sechs Türen. Damit wollte er einen Shuttle-Service eröffnen für die Stars, die in Bielefeld gastierten", berichtet DJ Otto aus alten Tagen. Doch irgendwas klemmt, und so bleibt es bei der Idee – Otto: „Wir fuhren damit dann zum Großmarkt bei Ratio und kauften Steinpilze und andere Zutaten für die Abendkarte ein."

Auch wir wollen mal in weichem Velours aus Stuttgart sitzen und bitten um eine Gratis-Tour nach Babenhausen. Dort wartet bereits Thomas Scheffler auf uns. Und so wird es ja doch noch irgendwie was mit Willis Shuttle-Service, wenngleich auch nicht für die ganz großen Stars ...

Dönekes aus dem *Dönekes*

Im Outback zwischen Dornberg und Babenhausen haben Party-Freaks und Freunde ausgedehnter Rocknächte in den 80er-Jahren eine neue Heimat. 1985 eröffnet Thomas Scheffler das *Dönekes*.

Mit Pizza, Aldi-Frikadellen und Bier vom Fass: Das *Dönekes* in Babenhausen ist in den 80er-Jahren eine beliebte Adresse.

Thomas Scheffler war einige Jahre im *Lindenkeller*, bevor er sich selbstständig machte.

Thomas erweckt den früheren *Gasthof Pottkamp* von Fritz Meyerdrees aus dem Dornröschenschlaf: „So einen Biergarten mit gemauertem Grill und Kinderspielplatz gab es außer im *Mauseteich* zu der Zeit nirgends in Bielefeld." Der heutige Wirt vom *Spökes* in Schildesche steht auf Live-Musik, Rock und Blues, und entsprechend sind die wilden Feten im *Dönekes*, Thomas: „Wir hatten viele Bands aus der Region hier, darunter Cool School aus Gütersloh und Barry and the Backbeats."

Sperrstunde im *Dönekes* ist 1 Uhr, doch Not macht erfinderisch: „Der harte Kern dachte nicht daran, um 1 Uhr nach Hause zu gehen", erzählt Thomas: „Wir haben uns als Putzleute verkleidet, Schrubber, Besen und Eimer standen neben uns. Alle Deckel waren weg, und auf den Besen konnte man gut Luftgitarre spielen. Hätten die Ordnungshüter kontrolliert, hätten wir gesagt, dass wir putzen und nur mal kurz Pause machen."

Als eine der wenigen Kneipen in Bielefeld hat das *Dönekes* einen schönen Biergarten – hier: die Ibiza-Nacht, an der Hauswand die „Leinwand" für Ollys Filme, die auch im Fernsehen liefen.

Die Ibiza-Nacht beginnt bereits am frühen Nachmittag.

Der harte Kern – das sind Wolfgang Linke „Trucker“ am Zapfhahn, Jacques, Pinkie, Jürgen „Knipper“, Harry, Ray und so einige andere. „Mit Ray Birkemeyer habe ich jedes Jahr zum *Dönekes*-Geburtstag am 7. März den *Dönekes*-Blues gespielt, Rainer sang, ich spielte Gitarre“, erinnert sich Thomas, der über dem Lokal wohnt und mit der Eigentümerin gut kann: „Sie war schwerhörig, deshalb hatte sie kein Problem mit dem Radau.“

Zum Glück gehören Pusteröhrchen nicht zur Grundausstattung der wackeren Ordnungsleute, und so muss das Putzkommando wenig befürchten. „Wir haben manche Nacht durchgefeiert“, erzählt Thomas aus alten Tagen: „Dann wurde es auch schon mal halb sieben, und wir saßen draußen und haben den zur Arbeit vorbeifahrenden Leuten zugeprostet.“

Unvergessen ist Ollys Ibiza-Nacht im *Dönekes*. Überhaupt hat der Mitautor dieses Buches einige bemerkenswerte Auftritte im alten Landgasthof hingelegt – Thomas: „Wir haben gemeinsam bei Teutonia Altstadt Fußball gespielt und eines Tages kam uns die Idee, einen von Ollys Haifilmen zu zeigen. Der lief dann im Biergarten – projiziert auf ein Bettlaken!“

Karneval oder Live-Mucke – oder beides:
Im *Dönekes* ist bald jeden Abend Party.

Rundgang 3

Ferdi, Siggi, Grete!

Dieser Spaziergang hat es in sich. Dicht an dicht reihen sich die Lokale, die lange in Familien- oder Pächterhand sind: *Jordan, Bewekenhorn, Kajüte* ... Den Anfang allerdings macht ein Newcomer der damaligen Zeit, der schon bald nicht mehr aus der Gastro-Landschaft des Westens wegzudenken ist.

Das ganze Programm für'n Heiermann

Am Rande des Bahnhofsviertels liegen zwielichtige Spelunken, alternative Kneipen und gutsituierte Gaststätten dicht an dicht: als Pausen- und Feierabendversorger für die Arbeiter von Gildemeister, Seidensticker, Droop & Rein und die vielen anderen Unternehmen

Ferdi Bobenhausen eröffnet mit *Ferdis Pizza Pinte* 1971 Bielefelds erste Studentenkneipe.

Ferdi und sein langjähriger Mitarbeiter Udo Bollhorst.

rund um den Bahnhof, für die Studenten, deren Zahl mit der Gründung der Universität 1969 sprunghaft zunimmt, aber auch für allerhand Gestalten, die in dieser Gemengelage angespült werden. Und natürlich für die erlebnishungrigen Nachtschwärmer ...

Bis in die 80er-Jahre sind die typischen Bierschwemmen hier in der Überzahl, doch in keiner der einst zahlreichen Arbeiterpinten nimmt unser Spaziergang seinen Ausgang. Vielmehr beginnen wir in einer Kneipe, die die neue Zeit symbolisiert in einem Jahrzehnt, da das Alte noch übermächtig erscheint, in Wahrheit aber längst seinen Rückzug geordnet hat: in *Ferdis Pizza Pinte*.

Das Lokal an der Schmiedestraße ist der Prototyp der Studentenkneipe und im Jahr seiner Gründung, 1971, eine Seltenheit in der jungen Universitätsstadt.

Mit seiner *Pizza Pinte* macht Ferdi Bobenhausen dem Elend ein Ende. Zwei Jahre nach der Gründung der Uni eröffnet er in der alten Kamphof-Gaststätte *Könemann* unter dem Namen *Ferdis Pizza Pinte* Bielefelds erste Studenten- und Pizzakneipe zugleich. Vorher ist hier Hans-Jürgen Bevervörden mit seinem *Lechts und Rinks* für kurze Zeit drin, der später am Kesselbrink das *Ca Ira* betreibt.

Stammgäste bei Ferdi: Christine Kirchner, Anne Klöber und Christian Y. Schmidt, bekannt als Titanic-Autor.

„Die Entscheidung, die *Pizza Pinte* aufzumachen, habe ich in wenigen Tagen getroffen", erinnert sich Ferdi Bobenhausen in einem unserer Gespräche vor vielen Jahren: „Ich hatte wenig Geld, aber ein Ziel: eine Kneipe, in der jeder günstig essen kann."

Ur-Lipper Ferdi ist ein Mann der Tat, und um die *Pizza Pinte* ans Laufen zu bringen, kündigt er kurzerhand seine Stelle als Koch im *Berliner Hof*: „Mit meinem letzten Monatsgehalt bin ich in das *Lechts und Rinks* eingestiegen. Alle Freunde packten mit an. Zuerst haben wir das ganze Mobiliar rot angestrichen – das war schick." Und weil Sponti-Sprüche angesagt sind, dürfen sie auch in Ferdis Erlebnis-Gastronomie nicht fehlen. Wohl jeder Gast kennt noch den Satz, der auf dem Kondomautomaten mit Edding geschrieben stand: Bei Versagen Kind einschicken.

Wie viele seiner Kollegen hat Ferdi keine umfassenden Kenntnisse der italienischen Küche. Insbesondere die Namen machen es so manchem Wirt nicht leicht. Sicherheitshalber steht deshalb „Pizza Natur" in makellosem Deutsch auf der Tafel im Gastraum: „Die war einfach belegt, kostete nur 2,80 Mark. Damals wusste ich nicht mal, dass die Italiener ‚Margerita' dazu sagen", wie Ferdi mir einmal in seinem schönen Biergarten erzählte. Den Teig dafür liefert der Bäcker drei Straßen weiter.

„Für einen Heiermann bekam man um 1973 eine sättigende Grundausstattung", erinnert sich Dietmar Taube: „Bier 0,3 oder sogar 0,4 – eine Mark. Dazu Spaghetti-Tomate oder Pizza Margerita – 3,50. Spontane Live-Musik gab's oft auch obendrauf." Auch Volker Pinkernelle ist noch immer begeistert nach so vielen Jahren: „Bei Ferdi die Bacon-and-Egg-Pizza. Eine Meisterleistung der Kochkunst."

Ferdis Jubelnummer

PIZZA PRESS

Ferdis Bielefeld Schmiedestr. Pizza Pinte

unnatürlich-ferdisch-phänomenal-gastronomisch

Ähnlichkeiten mit lebenden Personen sind beabsichtigt, der Ort des Geschehens ist allgemein bekannt, die Handlung war nicht immer dokumentarisch zu belegen, wurde aber liebevoll nachvollzogen.

Ferdis-Pizza-Pinte: Eine Kneipe mit langer Tradition

egonnen hat alles im Jahre 1899. Damals kaufte der Großvater des letzten nhabers das Lokal mit dem Namen Neue Welt". 1924 wurde zum ersten al gründlich renoviert. Prunkstück ar der große Saal, in dem am Wochenende - stets gut gefüllt - zum Tanz aufgespielt wurde.
2 Jahre später, 1926 wurde bei Könemanns auch noch eine neue Bundeskegelbahn eingeweiht. Die Gaststätte erhielt weiterhin regen Zulauf, nicht zuletzt wegen der freundlichen Bedienung.
Sowohl der Saal, als auch die Kegelbahn wurden am 6.10.1944 ein Opfer der Bomben. Beides wurde nach dem Krieg nicht wieder aufgebaut.

Im selben Jahr (1944) heiratete Willi Könemann seine Ehefrau und übernahm die Leitung des Lokals.

Ein Café-Betrieb wurde neu hinzugenommen. Das Geschäft lief und lief.

Ferdis Pizza Press zum 15. Pinten-Geburtstag.

Das Duo Kneipenfolk aus Gütersloh – Volker Wilmking und Gerald Spooner – in der *Pizza Pinte*.

Doch Ferdi hat nicht nur Pizza im Angebot. Regelmäßig veranstaltet er Live-Musik-Abende, einige davon überträgt der WDR. Der gebürtige Dornberger Hannes Wader tritt hier auf, Folksänger Hamish Imlach und Klaus der Geiger. Der Kölner Straßenmusiker ist in Bielefeld kein Unbekannter – er musiziert unter anderem mit dem Maximum Terzett, dem Christian Presch, Mitbegründer der Bielefelder Selbsthilfe und in der Zeit der Hausbesetzungen aktiv, angehört.

Auch Musiker Dietmar Taube, lange Jahre bei Tomcat, tritt bei Ferdi gelegentlich auf: „Zwischen 1973 und 1975 machten wir da ab und zu sogenannte Folk-Frühschoppen. Das waren lockere Jam-Sessions verschiedener Musiker, wie es in Irland und Schottland üblich ist." Doch die Frühschoppen ziehen sich nicht selten feuchtfröhlich bis in den frühen Abend. Dietmar: „Wir hörten dann mitunter später, dass Ferdi, nachdem die letzten die Hütte verlassen hatten, für den Tag dichtgemacht hat. An der Tür hing dann ein Schild ‚Wegen Trunkenheit geschlossen'."

1988 hängt Ferdi die Kochschürze an den Nagel und übergibt an Dietmar von Hase. Heute ist Mehmet Güldiken Inhaber. Er setzt die Tradition des Gründers, dessen Gesicht zum Aushängeschild der *Pizza Pinte* wurde, fort. Ferdi Bobenhausen ist 2013 mit 67 Jahren gestorben.

Nach so viel Inspiration ist etwas leichtere Kost keine schlechte Idee. Richtung Norden, lautet die Entscheidung, und es ist klar, dass das nur ein Ziel bedeuten kann: die *Salzkiste*.

Bei Theo machen die Schaffner Pause

Wir streben Richtung Jöllenbecker, rechterhand hat wenige Meter hinter der *Pizza Pinte* Rudi Stukenbrok seine *Bierstuben* schon geöffnet. Doch nach Rudis Kaschemme steht uns jetzt nicht der Sinn, es gibt ja noch einige mehr davon.

Und schon stehen wir am Anfang der Kurzen Straße, am Ur-Jibi, dem ersten Laden von Wilhelm Jittenmeyer. Gegenüber hat Theo seine *Salzkiste*, wo wir sogleich einkehren.

Die *Salzkiste* – gemeinsam mit *Ellerbrake* ein paar Häuser weiter der Nahversorger für Gerstenkaltschale im Quartier. Ein paar Stufen runter in den Gastraum, und da sitzt bereits Carsten Kuhlmann, der es sich gemütlich macht in seinem zweiten Wohnzimmer. Carsten wohnt gleich um die Ecke in der Kurzen Straße, er kennt die Gegend wie seine Westentasche. Und so entgeht ihm nicht, wie kreativ die Straßenbahnschaffner der Stadtwerke ihre Mittagspause gestalten: „Als die Linie 3 hier noch nicht unteriridisch fuhr, gab es eine Station direkt vor der *Salzkiste*. Da sind die Schaffner ausgestiegen und haben ein Bier getrunken. Auf der Rückfahrt sind die dann wieder eingestiegen und haben kontrolliert."

Die *Salzkiste* an der Jöllenbecker Straße versorgt das Quartier jahrzehntelang zuverlässig.

Mit leiser Bewunderung stoßen wir ein letztes Mal auf die cleveren Stadtwerke-Schaffner an, sagen Tschüss Carsten, Kalinichta Theo. Nicht weit von der *Salzkiste* steht die nächste Pinte: „Vergesst mir das *Safari Inn* nicht", hatte uns Dieter Mick Perl zu Beginn unseres Spazierganges mit auf den Weg gegeben. Und so machen wir einen kurzen Schlenker in die Gutenbergstraße zu Karin und Rocky, der in Wirklichkeit Günter heißt und später bei der Bieta als Taxifahrer anheuert.

Hier, an der Ecke zur Wittekindstraße, betreiben die beiden Wirtsleute ihre Kneipe, anfangs unter dem Namen *Safari-Stuben*, in einem kleinen Anbau. „Ein supernettes Wirtspaar, die Kneipe hatte eine tolle Einrichtung und gute Musik lief sowieso", sagt Dieter Mick Perl über das *Safari Inn*, das die Bewohner des Quartiers gern Schlappendiele nennen – weil man hier auch in Hausschuhen willkommen ist. Wobei der Begriff nicht allein das *Safari Inn* meint – Dieter: „Schlappendiele stand für alle Kneipen, die in einer reinen Wohnlage ansässig waren."

In den 70er-Jahren eröffnet Heiko Brunken die *Warsteiner Stuben*. Bis dahin führt er ein Malerfachgeschäft an der Artur-Ladebeck-Straße Nähe Betheleck.

Wir trinken aus und stellen den Kompass Richtung Siggi. Dass wir da an einem Kultwirt nicht vorbeikommen, liegt auf der Hand. Wenig später machen wir Halt bei Heiko Brunken.

Vom Fan-Lokal zur Szene-Kneipe

Heiko ist ein Wirt wie aus dem Bilderbuch: kommunikativ, topfit, gut vernetzt und stets den Zigarrenstumpen im Mund. Bielefelder Kommunalpolitik ist ihm ein Herzensanliegen, deshalb sitzt er für die CDU im Rat.

„Heiko konnte gut Bier verkaufen. Die *Warsteiner Stuben* waren eines der ersten Lokale in Bielefeld, die Warsteiner angeboten haben", sagt Karl Wiegand vom Getränkegroßhandel ehko.

So haben ihn alle in Erinnerung: Heiko Brunken ist aus der Gastro-Landschaft Bielefelds nicht wegzudenken.

Egal, ob die Arminia gewinnt oder verliert – den Fans scheint die Brause aus dem Sauerland zu schmecken. Die *Warsteiner Stuben* sind eines der beliebtesten Ziele nach dem Spiel auf der Alm. Überhaupt ist das Warsteiner eine typische Fan-Kneipe mit Fernseher und der üblichen Dekoration. „Ab 18 Uhr lief hier samstags die Sportschau, oft mit Arminia", erzählt Bernd, ein Gast, der regelmäßig bei Heiko einkehrt: „Es kam immer wieder vor, dass auch Spieler vorbeischauten, Dieter Burdenski etwa und Uli Stein. Sie kamen allerdings lieber nach einem Sieg. Verlor die Arminia, fuhren sie vorsichtshalber in die umliegenden Dorfkneipen oder gleich nach Bad Salzuflen."

Ende der 80er-Jahre gibt Heiko die *Warsteiner Stuben* ab und wechselt in den *Schipkapass*. Ein weniger glückliches Händchen hat sein Nachfolger, ein Wirt aus Lemgo, der mit der Gaststätte *Zum Elch* skandinavisches Flair in den Bielefelder Westen bringen möchte. „Alles war mit Elch-Bildern dekoriert, es sollte eine richtige Männerbierkneipe werden", erinnert sich Andreas Oehme, der 1995 gemeinsam mit Albrecht Sprenger den armen Lipper erlöst und in der Eckkneipe sein *Sounds* eröffnet.

Unten Eiche, oben Neon – der Westen ist bunt und hat viele Geschmäcker. Sie alle soll der neue Laden ansprechen: „Es gab sehr viele einzelne Szenen in Bielefeld, denen wollten wir ein Wohnzimmer geben – das Wohnzimmer des Westens", erinnert sich Andreas Oehme an die Gründungszeit: „Das Sounds war eine Kneipe für Popkultur mit viel Musik, aber auch mit kleinen Lesungen, zum Beispiel

Im *Sounds* kann jeder auflegen, was ihm gefällt.

mit Jens Kirschneck, der damals beim Stadtblatt arbeitete (heute 11 Freunde) oder Thomas Meinecke (FSK). Wir wollten offen für alle Subkulturen sein, deshalb gab es an jedem Tag etwas anderes an Musik: Punk, Pop, Housemusik. Außerdem wurde der Kicker wieder in die Kneipenkultur integriert. Da ging es hoch her, bis in die Morgenstunden."

Damit die Mischung stimmt, sind an mehreren Tagen die Woche DJs an den neuen MK2-Plattenspielern und stellen ihre Plattensammlung vor. „Egal, ob Profi oder Laie, bei uns bekam jeder die Chance für seine Musik, wenn es eine Nische war. Die Gage war einheitlich, es gab 80 DM und Freigetränke", berichtet Andreas Oehme. Weil solche Gelegenheiten nicht allzu häufig sind, ist die Nachfrage groß: „Selbst angesagte DJs aus großen Diskos oder Musiker von Bands wie Blumfeld, Die Sterne, FSK wollten einmal im *Sounds* auflegen und Musik nach ihrem Geschmack spielen." Auch Hannes Wagner ist regelmäßig zu Gast. Im *Sounds* feiert Bielefelds Kult-DJ seinen 50. Geburtstag und legt quer durch seine Popgeschichte auf.

Die Partys gehen die ganze Nacht. Andreas: „Zum Glück waren die Kneipenscheiben etwas blind. Um 1 Uhr ließen wir die Rollläden runter, und die Party ging weiter bis 7, 8 Uhr morgens. Jeder wusste das, viele kamen nachts, haben einfach geklopft."

2001 endet die Ära *Sounds*. „Sechs Jahre *Sounds*-Leben waren genug. Im Abschiedsmonat hat jeder noch einmal aufgelegt, der hier mal DJ war", sagt Andreas Oehme.

Bielefelds Kult-DJ Hannes Wagner ist regelmäßig zu Gast im *Sounds*.

Wir hingegen blicken nach vorn, die Zwischenetappe Siegfriedplatz vor Augen, wo uns Kathrin und Fred Gehring erwarten. Auf dem Weg dorthin liegt die frühere Kneipe *Zum Siegfried* an der Ecke Siegfriedstraße/Meindersstraße. „Das Gebäude wurde Ende der 60er-Jahre abgerissen", berichtet Karl-Hermann Weber von der gegenüberliegenden Fleischerei. Und schon stehen wir vorm Palast der Göttin, wo uns Spiros einladend zuwinkt. Können wir dazu nein sagen? Nein.

Im Palast der Göttin

Freunde der griechischen Küche lieben und schätzen das *Pallas Athene*. Hier, im rechten Winkel von Arndt- und Turmstraße, betreibt Spiros Christodoulou 24 Jahre lang das mehrfach ausgezeichnete Restaurant. Spiros arbeitet zunächst im *Kreta* bei seinem Bruder Vassili und kommt bald selbst auf den Geschmack. Gemeinsam mit seiner Frau Panagiota eröffnet er 1991 das *Pallas Athene*. Hier steht gehobene mediterrane Küche auf der Karte – und so einige Extras: Spiros ist der erste Grieche in Bielefeld, der die 17-Gänge-Spezialität Mezedes anbietet: „Nicht in Bielefeld, wohl eher in ganz Deutschland haben wir die S-Klasse der griechischen Küche serviert", sagt Spiros. „Das kannten die Bielefelder bis dahin nur aus dem Urlaub", bestätigt Stammgast Werner Jöstingmeyer.

Das *Pallas Athene* spielt fast ein Vierteljahrhundert in der höchsten Liga Bielefelder Restaurants mit.

Bevor er das *Pallas Athene* eröffnet, hat der ausgebildete Restaurantfachmann Spiros in Griechenland sechs Monate lang ein Konzept erarbeitet: „Ich wollte nicht dasselbe machen wie viele meiner Kollegen hier in Bielefeld. Im *Pallas Athene* sollten sich die Gäste wie in Griechenland fühlen. Und dazu gehört, dass sie nicht nur ins Restaurant kommen, um

Der langjährige Dehoga-Chef Thomas Keitel und Spiros Christodoulou.

zu essen. Ein gutes griechisches Restaurant braucht einen Gastgeber, nicht nur Köche und Kellner."

Die Qualität des *Pallas Athene* spricht sich schnell herum, bald empfehlen „Der Feinschmecker" und andere Branchenblätter das Lokal als Top-Adresse, sind Prominente wie Vicky Leandros nach Auftritten in Bielefeld zu Gast. Spiros bescheiden: „Ich war nicht besser als meine Kollegen, ich war anders."

Mit diesen Worten im Ohr brechen wir auf zum nächsten Lokal. Und da wird's maritim! Natürlich – Kenner wissen längst Bescheid: Wir werden in der Gaststätte *Der Koch* erwartet. Kultstatus erlangt sie allerdings schon viel früher.

Kein Patent auf „Sauren Paul"!

Was wäre die Bielefelder Gastro-Landschaft ohne Barbara und Werner Gehring? In ihrer *Kajüte* am Siegfriedplatz treffen sich die hungrigen Nachtschwärmer – die erste Abendgaststätte in Bielefeld hat bereits in den 60er-Jahren bis nachts um 2 Uhr warme Küche. Geöffnet ist eine Stunde länger.

Ganz im Stil der Zeit ist die Seemannsklause maritim dekoriert mit großer Weltkarte an der Decke, Fischernetzen an der Wand und einem Hafenbild an der Stirnseite des Gastraums. Die Gehrings nennen es in ihrer Werbung ein „Museum mit froher Gemütlichkeit".

Weil Werner Gehring ein Herz für Rechenfüchse hat, wird in der *Kajüte* das Bier nicht in normalen Maßeinheiten serviert. Oberkellner „Meister Brand" bringt Pils und Export in 4/20-Gläsern an die Tische – dass das mal gerade ein Kölschmaß 0,2 ist, scheint niemanden zu stören. Auch nicht die Polizisten der nahe gelegenen Polizeiwache West in der heutigen Bürgerwache. Gehring-Sohn Fred: „Bei uns kam öfter mal einer in Uniform rein und trank ein Bier."

Barbara und Werner Gehring – der Kultwirt vom Siggi hat so manche Schnapsidee. Auf unserem Bild zeigt er sein Kajütenfeuer.

„In den 60er-Jahren hatten die Menschen ein großes Nachholbedürfnis. Sie wollten wieder ausgehen, feiern, tanzen", sagt Fred Gehring, der in den Räumen von *Gehring's Bierstube*, der späteren *Kajüte*, gemeinsam mit seiner Frau Kathrin heute das Restaurant *Der Koch* betreibt.

Die *Kajüte* am Siggi: Von 1955 bis Anfang der 60er-Jahre ist sie in den Räumen der früheren Bäckerei Gehring unter dem Namen *Gehring's Bierstube* bekannt.

„Wenn wir abends unterwegs waren, war die *Kajüte* immer unser Abschluss: Nach der *Legge*, die um 21 Uhr schloss, ging's irgendwo anders hin, und ab 1 Uhr, als alles zu hatte, zu Barbara und Werner", sagt Monika Koßmann. Die lebenslustige Altstädterin muss zwar morgens um 7 bei Wehling pünktlich zur Schicht, doch hält sie das nicht davon ab, nach Feierabend mal so richtig aus sich rauszugehen: „Unter der Woche haben wir gerne bis 4 Uhr gefeiert."

Werner Gehring ist Wirt mit Leib und Seele. Gern probiert er was Neues aus. 1962 mixt

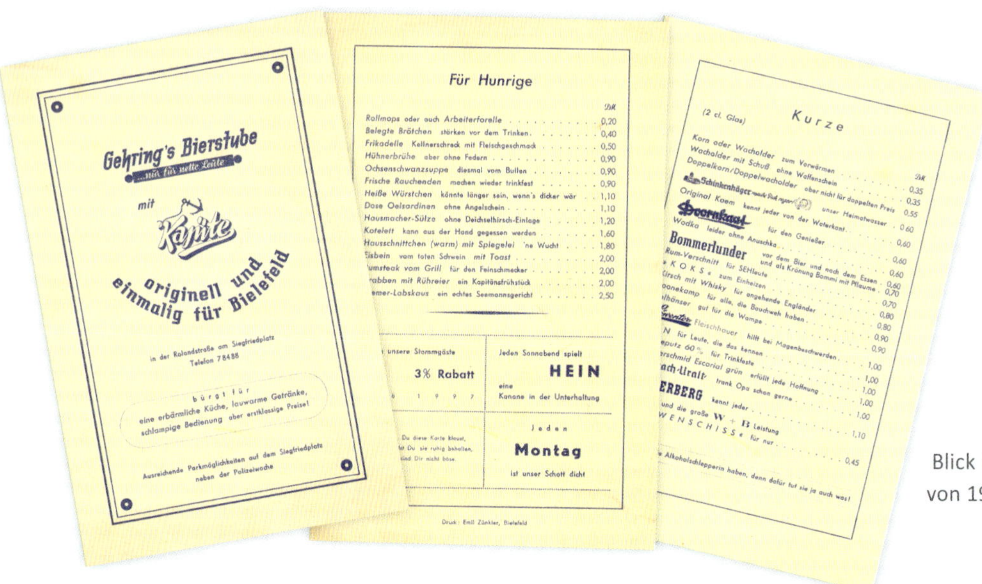

Blick in die Karte von 1962.

Maritim gestaltet ist der Gastraum der *Kajüte*.

er zum ersten Mal seinen „Sauren Paul", eine Mischung aus Steinhäger und Zitronen – Fred: „Mein Vater wollte sich das Rezept patentieren lassen, doch vom Patentamt bekam er die Antwort, dass Patente auf Schnaps nicht erteilt werden." Schade, damit hätte er ein Vermögen machen können. Denn schon bald haben andere Wirte ebenfalls „Sauren Paul" im Programm, der in vielen Abwandlungen bis heute beliebt ist.

Manuela Riva in der *Kajüte*. Die Schauspielerin gehört in den 70er- und 80er-Jahren zu den Stars des Hamburger Travestietheaters Pulverfaß Cabaret und ist damals für einige Zeit im *Ex* am Oberntorwall engagiert. Rechts im Bild: Gerd Springmeier vom *Dorian Gray* am Kesselbrink, wo Mary & Gordy ihre Karriere als Travestiekünstler beginnen.

Aus Brandenburg kam sie an den Teutoburger Wald: die Supertram.

1987 übernehmen Fred und Kathrin, Schwester von Wirtin Susanne Bartsch aus der Viktoriastraße, die *Kajüte* und benennen sie um: Jetzt heißt das Lokal *Der Koch*. Kurz darauf sitzen die Gäste nicht nur in den Gasträumen: Seit 1989 lassen sie sich ihr Bier auch im Biergarten auf dem Siggi schmecken. „In den ersten Jahren habe ich das Bier aus dem Anhänger ausgeschenkt", sagt Fred. Das hat aber bald ein Ende: Seit Mitte der 90er ist die Supertram Bielefelds originellste Theke, verbunden durch eine unterirdische Bierleitung mit der Gaststätte *Der Koch*.

Wir stoßen ein letztes Mal mit Fred und Kathrin an, sagen danke für die köstliche Bewirtung und machen uns auf den Weg – zum *Bewekenhorn*.

Oh, oh! Wo ist denn das Damenklo?

Jahrzehntelang steuern die Geschwister Bewekenhorn seit dem Tod des Vaters die Geschicke ihrer gleichnamigen Gaststätte. 35 Jahre lang führen die Schwestern Hilda und Luise Bewekenhorn gemeinsam mit Bruder Heinrich von 1954 bis 1987 den Familienbetrieb. Dem Trio treu zur Seite steht Dora Brinkmann.

Knapp 90 Jahre zuvor, am 1. April 1899, eröffnet Heinrich Bewekenhorn die Gaststätte mit Kegelbahn, Restaurationsgarten und Ausspann für Fuhrwerke am Bürgerweg. Durch Bomben 1944 zerstört, eröffnet die Gaststätte 1950 wieder. Mit einem Makel: Es gibt keine Damentoilette. „1899, als das Haus den Betrieb aufnahm, durften Frauen Gaststätten nicht besuchen. Deshalb waren Damentoiletten nicht vorgesehen“, erzählt ein *Bewekenhorn*-Kenner: „Und beim Wiederaufbau des Hauses hatte niemand daran gedacht.“ Bald darauf werden die Toilettenräume eingerichtet.

Obwohl das Haus im Krieg stark beschädigt wird, bleiben große Teile der originalen Einrichtung erhalten und sind noch jahrzehntelang in Gebrauch. Ärzte, Anwälte, Leute aus dem Bielefelder Westen, Sportvereine, Skat- und Doppelkopfrunden schätzen die gediegene Atmosphäre im *Bewekenhorn* – beim Frühschoppen ebenso wie beim Abendbier. „Unter den Tischdecken waren Schaumgummiunterlagen“, erinnert sich Frank Herzog: „Wenn man da mit der Gabel reindrückte, stand gleich der ganze Teller schief.“

Musik kommt aus dem Radio oder vom Plattenspieler: „Da fiel immer wieder mal die Nadel raus“, erzählt Frank: „Dann kam Frau Bewekenhorn an meinen Tisch und bat mich: ‚Ach, Herr Herzog, könnten Sie mir mal helfen?‘“ Natürlich kann Frank. Er fixiert den Tonarm und weiter geht’s mit Liedern aus der guten alten Zeit.

Fast 90 Jahre lang ist das Gasthaus in Familienbesitz, bis die Geschwister es schließlich 1987 an Petra und Karsten Niebuhr übergeben. Koch Karsten kommt vom *Werningshof* und führt gleich eine Neuerung ein: warmen Mittags- und Abendtisch. 15 Jahre bleiben Petra und Karsten im *Bewekenhorn*, bis Anne Gehring und Franz Schiche sie 2002 ablösen.

Auch wir sagen dem *Bewekenhorn* Adieu und schauen auf die andere Straßenseite. Gleich gegenüber dem Gasthaus gehen wir in die *Zwiebel* zu Norbert Budewig.

Fast 90 Jahre betreibt Familie Bewekenhorn ihr gleichnamiges Lokal an der Stapenhorststraße.

Kein Deckel im *Zwiebel*-Keller

Das unscheinbare Kellerlokal ist eine Institution im Westen. Bei Norbert treffen sich alle querbeet – Arminiafans und -spieler, Geschäftsleute und Angestellte aus der Umgebung, Studenten, die einen netten Abend verbringen möchten. Doch obwohl Norbert schon weit über 40 Jahre hinter dem Zapfhahn steht – gegründet hat das Lokal jemand anderes.

„Der Name *Zwiebel* ist von mir. Den habe ich in Düsseldorf gesehen und fand ihn für die hier entstehende Studentenszene witzig", ruft uns Anne Brewster aus dem fernen Barbados durch die Leitung: „Erika Kreuzer vom *Blow Up* fing bei mir als Bedienung an."

Damals, das ist Mitte der 70er, Anne heißt noch Westermann und ist mit Ehemann Jochen ein Pfund in der hiesigen Gastrolandschaft. Wenige Jahre zuvor hatte sie das *Big Ben* in der Altstadt eröffnet – ein Publikumsmagnet und ebenfalls im Souterrain.

Die *Zwiebel* – eine Kneipen-Institution an der Stapenhorststraße.

Anne Westermann – hier im *Big Ben* – eröffnet in den 70er-Jahren die *Zwiebel*.

Weil Anne und Jochen sich mehr der Altstadt widmen möchten, geben sie die *Zwiebel* nach einigen Jahren ab. Und damit kommt Norbert Budewig ins Spiel: Mehr als die Hälfte seines Lebens ist Norbert in der *Zwiebel*, die er 1977 von Anne übernimmt. „Niemand sagt: ‚Wir gehen in die *Zwiebel*.‘ Es heißt immer: ‚Wir gehen zu Norbert‘“, sagt Stammgast Susanne Kracker.

Das kleine Lokal ist beliebt, darum öffnet es in den Anfangsjahren schon tagsüber. Insbesondere vor Arminia-Spielen geht es ab den Mittagsstunden hoch her – bis die Kugel rollt. „Während des Spiels hat Norbert zugemacht, um die Kneipe auf Vordermann zu bringen“, erzählt Stammgast Bernd. Denn für zwei Dinge ist Norbert weithin bekannt: für seinen Ordnungssinn und für seine Abneigung gegen Schuldverschreibungen – Bernd: „Einen Deckel machen? Bei Norbert praktisch unmöglich.“

Das wollen wir auch nicht, darum zahlen wir und gehen stadteinwärts. An der Einmündung zur Siechenmarschstraße ist unser nächster und zugleich letzter Halt auf diesem Spaziergang. Das Haus ist kaum zu übersehen: Wir sind zu Besuch in der Gaststätte *Jordan*. „Besitzer Jordan seit 1889“ steht an der markant-grünen Fassade der Traditionsgaststube, bis in die 90er-Jahre fest in der Hand von Familie Jordan. Hier nehmen wir für einen Moment Platz und lassen uns was von früher erzählen.

Per Du mit dem Weißen Riesen

Jahrzehntelang, genauer seit den 50er-Jahren, führt Grete Jordan mit ihrem Mann Heinz das Lokal. Mutter Grete wird sie respektvoll von ihren Gästen genannt. Wobei – einige frotzeln auch hinter vorgehaltener Hand: „Sie trug immer einen weißen Kittel, zudem war sie sehr groß. Deshalb sagten manche Gäste aus Spaß ‚Weißer Riese‘“, erzählt Frank Herzog.

Die Gaststätte *Jordan* ist über vier Generationen in Familienhand.

Der Künstler lehrt ab den 70er-Jahren bis 2003 zeichnerische Gestaltung an der nahe gelegenen Fachhochschule: „Das Lokal war mein zweites Wohnzimmer, hier sind viele meiner Skizzen entstanden. Grete Jordan hat mich so manches Mal versorgt, wenn ich wegen Liebeskummer schlecht drauf war und mir nichts mehr gekocht hatte. Dann hat sie

Der *Jordan*, wie ihn Künstler Frank Herzog in den 80er-Jahren sah.

mir aus ihrem Mittagessen-Fundus abends was Leckeres mit nach Hause gegeben – meistens war es Kotelett mit Kartoffeln. In der Kneipe selbst wurde ja nicht gekocht, hier gab es lediglich die üblichen Frikadellen, auch sehr lecker!", sagt Frank: „Grete war eine Vollblutwirtin mit einem großen Herzen, und eines war ihr besonders wichtig: Ob Müllfahrer, Beamter oder Professor – bei ihren Gästen machte sie keine sozialen Unterschiede, alle wurden gleich behandelt."

Grete, so erzählen es ihre früheren Gäste, bietet jedem neuen Gast mit einem Korn das Du an. Bis zu ihrem Tod steht sie hinter dem Tresen des Lokals: „Das wurde in den letzten Jahren unter ihrem Regiment aber immer mehr zur Rentnerkneipe", sagt Gast Helmut.

Rentnerkneipe? Da muss Karl Richter vehement widersprechen: „Es war eher das Gegenteil. Genau genommen war *Jordan* die erste Studentenkneipe im Westen." – „Hier wurde viel getanzt, manchmal durchaus ausschweifend auf den Tischen", erzählt Frank Herzog aus früheren Tagen: „Und manchmal flogen auch die Kleidungsstücke durch die Gegend, bis nichts mehr da war."

Seine Eindrücke vom *Jordan* hat Frank auf oben stehendem Objekt verewigt: Grete-Tochter Uschi serviert Bier, die Gäste amüsieren sich: „Die Scheibe ist bewusst fleckig, das ist der Qualm in der Kneipe. Der Sprung in der Scheibe war ursprünglich zufällig entstanden, hat sich dann aber als wunderbarer Blitz dargestellt. Denn der Blitz hat beinahe jeden Abend in den *Jordan* eingeschlagen – stimmungsmäßig!"

Norbert Schaldach von den Bielefelder Flaneuren weiß eine schöne Anekdote, die ihm ein Gast erzählt hat. Demnach hat der *Jordan* eines Tages schöne neue Außenlampen, handgefertigt in den Werkstätten eines Bielefelder Metallbetriebes. Das allein ist ja nichts Besonderes, „allerdings habe die Werksleitung nichts von dem Engagement ihrer Mitarbeiter geahnt, so der Gast, doch offenbare diese handwerkliche Hilfe eine tiefe Verbundenheit der Gäste mit ihrer Trinkstube".

In vierter Generation führen die Grete-Töchter Erika und Ursula die Gaststätte, bevor 2003 Ecki Twellmeier übernimmt und eine lange Familientradition beendet. Zehn Jahre später muss das Haus einem Neubau mit Bestattungsinstitut im Parterre weichen.

Beerdigen wollen wir an dieser Stelle auch dieses Kapitel. Das nächste nimmt seinen Anfang am *Kochsiek*, wo uns Hilde und Horst Lindner schon freudig erwarten.

Rundgang 4

Die Arndtstraße – Kneipenmeile des Westens

Aus gastronomischer Sicht scheint das Jahr 1899 in Bielefeld ein Volltreffer zu sein. Die Gaststätten *Zur neuen Zeit* im Kamphof (heute *Ferdis Pizza Pinte*), *Stockbrügger* an der Turnerstraße, *Schütze* (später *Tinneff*) und *Bewekenhorn* am damaligen Bürgerweg sowie *Schützenhof* (später *Kochsiek*) eröffnen Ende des 19. Jahrhunderts.

Bei Hilde und Horst trifft sich das Viertel

Auch 1966 ist ein bewegtes Jahr. Ludwig Erhard übernimmt im März den CDU-Vorsitz und reicht im November seinen Rücktritt als Bundeskanzler ein, Leonid Breschnew wird KPdSU-Vorsitzender und in China beginnt die

So hat sie der Bielefelder Westen in guter Erinnerung: 34 Jahre sind Hilde und Horst Lindner im *Kochsiek*.

Kulturrevolution. Heinz Schenk und Lia Wöhr moderieren zum ersten Mal den „Blauen Bock“, Borusse Sigfried Held weiht die Torwand im ZDF-Sportstudio ein und 1860 München wird deutscher Fußballmeister. Die Arminia gewinnt nach einem 3:2-Sieg gegen Alemannia Aachen den westdeutschen Pokal, kurz darauf verpflichtet der DSC mit Jonny Kuster den erfolgreichsten Torjäger der Vereinsgeschichte. Und an der Arndtstraße 45 überreicht Martha Kochsiek am 1. Juli Hilde und Horst Lindner den Schlüssel vom *Schützenhof*.

„Es war eine schöne Zeit“, blicken Hilde und Horst zurück auf 34 Jahre *Kochsiek*. Eigentlich hatte sich das Wirtsehepaar im *Winfried-Haus* eingerichtet, als Horst von Martha Kochsiek erfährt, dass sie die Gaststätte aufgeben möchte: „Diese Gelegenheit konnten wir nicht verstreichen lassen.“

So wechseln Hilde und Horst von der Turner- an die Arndtstraße und geben Martha Kochsiek das Versprechen, den *Schützenhof* in *Kochsiek* umzubenennen – ein Wunsch der freundlichen Wirtin, die jahrzehntelang in ihrer weißen Schürze gemeinsam mit Küchenhilfe Martha Ehlenbröker das Quartier versorgt hat.

Im *Kochsiek* sitzt das ganze Viertel: „Es war ein Treffpunkt von arbeitsamen Menschen aus der Nachbarschaft, hierher kam alles – vom Arbeiter bis zum Chefarzt“, erinnert sich Hilde Lindner und zählt sie alle auf: „Da kamen die Marktleute vom Siggi, Handwerker, Polizisten, Taubenzüchter, Kegler, der Schachclub Rochade, Geschäftsleute, Ärzte.“ Die SPD hält ihre Sitzungen im *Kochsiek* ab, auf der Bundeskegelbahn schieben allein 26 Kegelclubs ihre Kugel, Firmen feiern und die Armi-

Das Pferdegespann der Herforder Brauerei vor dem *Kochsiek* mit Horst Lindner 1980.

Blick ins *Kochsiek*: Innen geht es gediegen zu.

nia ist sowieso überall dabei: „Ich habe acht bis zehn Trainer kennengelernt in all den Jahren. Die Arminia kam oft zu Sitzungen zu uns", sagt Horst Lindner. Zugleich ist das *Kochsiek* Vereinslokal vom TuSpo 1890. Auch kleine Vereine wie der „Club der Langen" – Frauen ab 1,85 m, Männer ab 1,95 m – in den 60er-Jahren und der Taubstummenverein haben ihren festen Platz bei Hilde und Horst. Und am Brett über dem Stammtisch hängen die Bilder der Stammgäste, die krankheitsbedingt nicht ins *Kochsiek* kommen können. Hilde zeigt auf ein Foto mit Zapfhähnen: „Wenn diese Kräne sprechen könnten ..."

Dann würden sie vielleicht erzählen, dass das Bier von der Herforder Brauerei mit dem Fuhrwerk kommt. Gastronom Frank Heck kann sich daran erinnern: „Bier wurde noch in den 70er-Jahren von der Herforder Brauerei mit Pferden ausgeliefert. Die Brauerei Felsenkeller hatte eine Niederlassung an der Artur-Ladebeck-Straße, dort, wo heute Marktkauf ist." Ede Kolenda von den *Klosterstuben* fährt als Schüler in den Ferien mit den Bierkutschern Fässer aus: „Bis in die 70er-Jahre war es üblich, in späteren Jahren kam die Kutsche nur noch zu Werbezwecken in die Lokale."

Als wäre es gestern gewesen, zählt Horst die Speisekarte auf: „Gulaschsuppe für 3,50 DM war in den 70er-Jahren sehr beliebt, ein Kotelett mit Kartoffelsalat gab es für 5 DM." Und die Gäste sind nie knauserig: „Alle haben Geld gelassen, jeder hat gern viel ausgegeben", denkt Hilde an die früheren Zeiten zurück, obwohl: „Der Schachverein nicht. Das waren ganz liebe Leute, aber die waren so vertieft in

Nach 34 Jahren geht das *Kochsiek* im Jahr 2000 an Heiko Brunken.

ihr Thema, dass sie alles andere ringsherum vergaßen. Sie hatten eine deutsche Meisterin in ihren Reihen, Frau Fischdiek. Einmal die Woche kamen sie morgens um 10, bestellten einen Kaffee, um 13 Uhr haben sie den letzten Zug gespielt, da stand der Kaffee immer noch, wie wir ihn serviert hatten."

Wer in Ruhe was bereden möchte, der geht ins Trinkerséparée. „‚Lügenbude' haben wir es genannt", sagen die Lindners lachend und erzählen, dass der Schriftenmaler Egon Schröther, natürlich ein Stammgast, eigens dafür ein Schild angefertigt hatte, das seit 1972 auf den besonderen Ort hinweist.

1999 ehrt die Stadt Bielefeld das verdienstvolle Wirtsehepaar für „100 Jahre Gaststätte *Kochsiek*" mit dem Leineweber, ein Jahr später gehen Hilde und Horst Lindner nach fast dreieinhalb Jahrzehnten *Kochsiek* in den Ruhestand und übergeben die Gaststätte an Heiko Brunken.

Wir fahren auf dem Kutschbock der Herforder Brauerei die Arndtstraße ein paar Meter Richtung Stadt mit und springen an der *Gaststätte Brandler* ab. Anhalten müssen die Kutscher hier nicht: Wilhelm Brandler hat Hohenfelder im Ausschank.

Flaschenbier und Filmkritik

Die kleine Kneipe an der Ecke zur Siechenmarschstraße steht längst nicht mehr, das Haus wird in den 80er-Jahren abgerissen und durch einen Neubau ersetzt. Lutz Bentrup ist mit seinen Kumpels oft hier: „Bevor die *Badewanne* aufmachte, sind wir immer zu *Brandler* und haben Flaschenbier geholt." Auch Ralf Helmig verbindet mit *Brandler* zwei Dinge – Flaschenbier und die nahe gelegene *Badewanne* an der Teichstraße: „Hier haben wir uns sonntags nachmittags, wenn Catweazle und Loriot um 16 Uhr vorbei waren, getroffen und haben uns die halben Liter geholt. Damit setzten wir uns vor die *Badewanne* und ließen bei einem kühlen Bier die Folgen Revue passieren. Wenn wir zu laut waren, dann hat ein Nachbar das Fenster aufgerissen und mit dem Luftgewehr auf uns geschossen."

Salmei, Dalmei, Adomei – und zack!, sind wir weg. Kurz darauf stehen wir an der Kreuzung Arndtstraße/Große-Kurfürsten-Straße.

Brandler – die kleine Eckkneipe ist schon lange Geschichte.

Im *Vater Arndt* wird Politik gemacht

Hier kehren wir ein in eine weitere Traditionsgaststätte: *Vater Arndt*. Unter diesem Namen ist bis Ende der 60er so einigen alten Bielefeldern das Lokal gegenüber der *Wunderbar* noch geläufig. Wie viele Gaststätten in der Gegend ist auch das *Vater Arndt* Ende des 19. Jahrhunderts entstanden.

Im *Vater Arndt* treffen sich zum Tagesausklang gern Kommunalpolitiker aus dem Bielefelder Westen. Oft geht es dann zur Sache, es kommt das auf den Tisch, was im Rathaus besser nicht gesagt wird. Aus der warmen Gaststube heraus können die Ratsherren beim Dämmerschoppen beobachten, wie ihre jüngste Errungenschaft arbeitet: Bielefelds erste Verkehrsampel wird in den 50er-Jahren an der Kreuzung Große-Kurfürsten-Straße/ Arndtstraße aufgestellt. Andreas Oehme, der in diesen Gasträumen knapp 50 Jahre später das *Café Berlin* eröffnet, kennt die Legende, nach der die Kreuzung eigens deshalb auserwählt wurde, weil sie so schön vom Gasthaus aus einsehbar war.

In den 70er-Jahren zieht mit dem Bau der Uni ein neuer Geist in den Bielefelder Westen ein. Plötzlich kommen in das gutbürgerliche Viertel die akademischen Linken, und im *Bosna-Grill*, der *Vater Arndt* 1969 mit jugoslawischer Küche ablöst, haben sie einen Anlaufpunkt. Dem *Bosna-Grill* folgen mehrere Betreiber, die allesamt glücklos bleiben.

Zur Jahrtausendwende hauchen Andreas Oehme und Albrecht Sprenger dem *Vater Arndt* neues Leben ein. Jetzt heißt das Lokal *Café Berlin*.

Ein bisschen schick, ein bisschen shabby: das *Café Berlin.*

Für ihr *Café Berlin* im alten *Vater Arndt* lassen sich Andreas Oehme und Albrecht Sprenger von Szeneläden im Post-Mauer-Berlin-Mitte inspirieren. Das Konzept: Frühstücks-Café und Bistro am Tag, Restaurant mit frisch gekochter Trendküche am Abend und eine Mischung aus Bar und Kneipe in der Nacht.

Eröffnet wird das *Café Berlin* im Jahr 2000. „Damals kannte man in Bielefeld noch nicht das spätere Erfolgsgetränk Latte Macchiato. In den ersten Monaten mussten wir hier für die Gäste Erklärungshilfen geben", denkt Andreas Oehme an diese Zeit zurück. Das *Café Berlin* wird zum Ganztags-Treffpunkt im Bielefelder Westen. Andreas: „Hier wurde alles zusammengetragen, was im Westen Bielefelds passierte – ein wahrer Info-Hotspot, der viele Menschen miteinander verband."

Es ist schon ein bisschen merkwürdig, wie viel Berlin in dieser Kreuzung steckt. Gegenüber dem *Café Berlin* bringen Anfang der 80er Christel und Horst Brüntrup mit ihrem *Bei Zille* einen Hauch von „Milljöh" ins Quartier. An Berliner Weiße, Kindl und Schultheiß trauen sie sich aber nicht so richtig ran, dafür haben sie modisches Gatzweilers Alt im Fass.

Bevor Christel und Horst an die Arndtstraße gehen, ist hier der *Keks* drin, geführt von einem Ungar und einem Österreicher, wie Hans Westerwelle weiß. Der *Keks* ist in den 70er-Jahren die Stammkneipe der Biker vom Club 20.

Mit den Leuten vom *Studiker* gegenüber verstehen sie sich nicht allzu gut. Da kommt es schon mal vor, dass die derben Burschen die

Im *Keks* trifft sich Ende der 70er-Jahre der Club 20.

feingliedrigen Studenten ärgern wollen: „Das ging so weit, dass die Leute vom Club 20 an die Türklappe vom *Studiker* klopften und, als der Türsteher nachschaute, diesem ein Glas Bier ins Gesicht schütteten", erzählt ein früherer *Studiker*-Gast.

Das wollen wir uns mal genauer anschauen. Und schon sitzen wir im dritten Szenelokal an dieser Kreuzung – seit den 80er-Jahren führt es seinen Namen bis heute: die *Wunderbar*.

Das Wohnzimmer des Westens

Piet Rosendahl und Dirk Teichert übernehmen 1986 die Gasträume des griechischen Lokals *Podium* von José und nennen es *Wunderbar*. Lange bleibt Piet allerdings nicht hier. Vielmehr bringt er das eingeschlafene *Café Europa* wieder auf die Beine und eröffnet 1989 das *Noodles* in der früheren *Mick-Mack-Gasse* an der Hagenbruchstraße. Die *Wunderbar* übernehmen 1991 Savvas Tsitiridis und Willi Seip. Doch die gastliche Stätte hat eine viel längere Vorgeschichte.

Bereits in den 70er-Jahren ist das Ecklokal unter dem Namen *Studiker*, gegründet von Karl Heiling, Anlaufpunkt für die Studenten der jungen Universität: „1976 kam der *Studiker 2* dazu, den Karl in der August-Bebel-Straße eröffnete", sagt Irene von Uslar.

Ein Gast der ersten Stunde erinnert sich: „Der Stammkellner im *Studiker* hieß Hannes. Der war immer gut gelaunt, so eine Art Lebenskünstler." Hannes schaufelt tablettweise einen neuen Modeschnaps durch die Kneipe, erzählt Gast Volker: „Alle wollten ‚Sauren Paul'. Der floss hier in Strömen." Auch Bernd und Jutta, später im *Piano* am Siekerwall, arbeiten im *Studiker*.

1977 wird aus dem *Studiker* das *Black Bird*, „eine tolle kleine Kneipe", wie eine Bedienung erzählt. Sie erinnert sich gern an die Zeit, obwohl die Arbeit durchaus beschwerlich ist: „Der Laden war immer brechend voll. Damals gab es da eine Treppe hoch, ich habe sie gehasst, das war schwer, mit dem vollen Tablett da hoch ..."

Der *Studiker* an der Arndtstraße. 1977 wird daraus das *Black Bird*, später die *Wunderbar*.

Karl Uwe Heiling (Mitte) und Irene von Uslar (hinten rechts) machen 1977 aus dem *Studiker* das *Black Bird,* die erste und einzige Jazzrock-Kneipe in Bielefeld.
Bild unten: die Band BiCollektion im *Black Bird.*

Die Gäste hingegen sind begeistert von der Empore: „Ich habe gerne oben gesessen“, sagt Benedikt Sebastian. „Auf der legendären Empore habe ich das erste Alt-Schuss – oder war es Altbierbowle mit Erdbeeren – in meinem Leben und in einer Kneipe getrunken“, erinnert sich Andi Sonnengelber. Auch Carsten Büker sitzt gern oben: „War da der Putz nicht kaputt, wie voller Einschusslöcher?“ Und Thomas Hartwig sagt: „Es ist 1979, wir

Blick in das *Black Bird*. Links oben: die Empore.

machen New-Wave-Musik im Proberaum der FH an der Lampingstraße. Bis 22 Uhr dürfen wir hier rumkrachen, dann ins *Bläck Börd*, Treppe rauf und die legendäre Pizza bestellt. Gegen Mitternacht mit dem Fahrrad nach Hause, am nächsten Tag ist wieder Schule, das Abi rückt näher – eine prima Zeit."

1979 – da ist das *Bläck Börd,* wie es sich jetzt schreibt, bereits in den Händen von Ernst Herold und Othmar Ennemoser, die die Kneipe mit dem großen Vogel an der Decke von Karl Uwe Heiling übernehmen. Nachts sind die Fenster dunkel verhangen – laufen da vielleicht irgendwelche Geschichten im Verborgenen? „Das *Bläck Börd* war schwarz verhangen, weil der ein oder andere Gast trotz bestem Zureden nicht zur Sperrstunde gehen wollte. Und man hatte ja einen Versorgungsauftrag. Auch Taxifahrer mussten ja mal nach 1 Uhr kurz ausruhen", sagen Ernst und Otti. Und weil sie ihren Versorgungsauftrag ernst nehmen, eröffnet Ernst Herold gemeinsam mit Stefan Straube 1982 Deutschlands kleinsten Schuhladen – auf 20 Quadratmetern in einem Nebenraum des *Bläck Börd.*

Mit Piet Rosendahl und Dirk Teichert ändert sich das Erscheinungsbild des Lokals, das nun *Wunderbar* heißt. Piet und Dirk stellen hier den Laden komplett auf den Kopf: „Ich hab' da ein bisschen Berliner Abriss reingebracht, den Putz von den Wänden gehauen, das war zu der Zeit in", erzählt Piet. Da ist es: schon wieder Berlin. Zudem trägt die Bedienung jetzt lange weiße Schürzen, so, wie es der Berliner Uwe Hofmann Jahre zuvor im *Café Oktober* eingeführt hat.

Das *Bläck Börd* – Tücher an den Fenstern schützen vor neugierigen Blicken.

„Piet hat die *Wunderbar* eröffnet und wir haben sie zum Wohnzimmer des Westens gemacht", sagt Willi Seip. Als Student arbeitet er hier unter der Woche, und als Piet sie 1991 verkauft, übernimmt er die *Wunderbar* gemeinsam mit Savvas Tsitiridis.

Längst ist das einzigartige Lokal zu d e m Szenetreffpunkt im Westen aufgestiegen, ist Vorbild für viele weitere Kneipen, die sich in späteren Jahren an der *Wunderbar* orientieren. „Die Szene war hier beheimatet", sagt Willi: „Rundherum gab es zwar Kneipen, aber die hatten ein ganz anderes Publikum." Auch Savvas resümiert: „Die *Wunderbar* hat den Westen belebt."

Seit *Studiker*-Zeiten bis zu den ersten Jahren der *Wunderbar* ist der Gastraum deutlich kleiner als heute. Bis Ende der 80er-Jahre gibt es zwei getrennte Läden nebeneinander: In der Arndtstraße hat in den 70er-Jahren Fleischermeister Gottfried Hasselmeyer sein Geschäft, später geht dort Hans Stratmann mit seinem Ticketverkauf rein. Um 1990 verlässt die Konzertagentur das Haus Richtung Marktstraße. „Dann wurde die Wand rausgeschlagen und die *Wunderbar* bekam ihre heutige Form", so Savvas.

Beliebt ist die *Wunderbar* vom Start weg, so richtig bekannt aber wird sie durch ihr Frühstück. „Ab 10 Uhr morgens gab es hier eine erstklassige Frühstückskarte. Außer im *Alex* am Theater und bei *Knigge* gab es so was in Bielefeld wohl kaum", sagt Willi: „Unser Frühstück gab es den ganzen Tag, solange der Vorrat reichte. Bis 23 Uhr hatte die Küche auf, und wenn abends um 10 noch einer einen Lachstoast mit Sahnemeerrettich wollte, bekam er das."

Bekannte Gesichter aus der Bielefelder Gastro-Szene (von links): Thomas Riekenberg, ein Gastronom aus Augustdorf, Willi Seip, Silke Kossiek, Piet Rosendahl und Jürgen Mahlmann.

Die *Wunderbar* – das Wohnzimmer des Westens.

„Frühstück in der *Wunderbar* – das war ein Geheimtipp. Hier gab es morgens keinen freien Platz", denkt Savvas an die Zeiten zurück, in denen 15 verschiedene Frühstücke auf der Karte stehen. Wer „Das Exclusive" ordert und bereit ist, 180 DM zu bezahlen, der bekommt ein üppiges Mahl für zwei Personen mit russischem Kaviar, Garnelen, Käse, Schinken und einer Flasche Veuve Cliquot.

Nach zehn erfolgreichen Jahren verkauft Willi Seip 2001 seinen Anteil an der *Wunderbar* und widmet sich neuen Aufgaben.

Und auch wir brechen auf – zum *Schipkapass* am Emil-Groß-Platz.

Der *Schipkapass* von Herta Flaßbeck, aufgenommen 1961.

Über den *Schipkapass* „in die Stadt"

Vollgestopft mit vielen schönen Eindrücken machen wir uns auf den Weg „in die Stadt", wie man so schön sagt, wenn das Ziel die Bahnhofstraße, oder besser: der Jahnplatz, ist. Doch inmitten der Ebene liegt ein „Hindernis", das es zu überwinden gilt: der *Schipkapass*, Namensgeber jenes Lokals, das viele Jahrzehnte ein beliebter Treffpunkt in der Innenstadt ist.

Siegfried und Magdalena Linowitzki im *Schipkapass*.

Lange Zeit ist die 1893 eröffnete Wirtschaft in der Hand von Familie Flaßbeck. Herta Flaßbeck steht viele Jahre hinter der Theke, bis sie den *Schipkapass* 1969 abgibt.

Es ist die Stammkneipe der Freien Presse, die gegenüber ihre Redaktion und die Druckerei hat: Redakteure, Schriftsetzer und Drucker sitzen oft bei Herta auf ein Bier. Oder sie lassen es sich direkt an den Arbeitsplatz bringen.

Wie Historiker Joachim Wibbing berichtet, soll die Anzahl der „Dienstbesprechungen" im *Schipkapass* derart hoch gewesen sein, dass die Kneipe auch als Abteilung 6 bezeichnet und damit quasi zur Außenstelle der Frei-

Siegfried Linowitzki ist beliebt bei seinen Gästen. Nur wenn ihn jemand Siggi nennt, wird er schmallippig: „Solche Kurznamen mochte er überhaupt nicht", erinnert sich Tochter Elke.

Heiko Brunken geht Ende der 80er-Jahre in den neuen *Schipkapass*, der jetzt den Zusatz *Bierkontor* trägt.

en Presse wurde. Die Bezeichnungen Werk 5 und Werk 2 kursieren ebenfalls in alten Erzählungen. Der Verleger der Freien Presse, Emil Groß, soll in Herta Flaßbecks Gasthaus jeden Abend die Zeit bis zum Andruck verbracht haben. Doch das ist nicht verbürgt.

In den 70er- und 80er-Jahren stehen Siegfried und Magdalena Linowitzki an der Theke im *Schipkapass*. „Mein Vater war ein guter Unterhalter, das fanden die Gäste toll", denkt Tochter Elke Gröppel zurück. Hier gehen Kaufleute genauso hin wie Arbeiter, ein Lokal für den Mittelstand mit kühlem Pils, zünftigen Skatrunden und kleinen bierbegleitenden Speisen: „Es gab Gulaschsuppe mit Brötchen, Heißwurst mit Senf, Frikadellen und Kotelett, die meine Mutter immer am Dienstag frisch gebraten hat", erzählt Elke.

„Die Gaststätte *Schipkapass* vom Ehepaar Linowitzki und vorher Herta Flaßbeck war immer sehr gut besucht. Vor allem die Theke war ständig rammelvoll", weiß auch Peter Fortmann. „Eine typische Kneipe, wo man schon morgens sitzen konnte oder zum Mittag hinging, abends sowieso", sagt Karl Wiegand.

Im *Schipkapass* ist Isenbeck-Pils im Fass. Das kommt nicht überall gut an – der eine mag es, der andere denkt sich nur: „Geh' mich weck mit Isenbeck!" Karl Wiegand bezeichnet Isenbeck als das diebstahlsicherste Bier Deutschlands: „Davon konntest du drei Fässer nachts an die Straße stellen, die blieben stehen."

In den 80er-Jahren sind die Tage der Gaststätte gezählt. Schon seit längerem soll das Quartier hinter Karstadt großstädtischer gestaltet werden. Die Signal-Versicherung plant einen Neubau. Dagegen formiert sich die Bürgerinitiative „Schipkapass und Umgebung", sie kämpft gegen den Abriss des Gebäudeensembles Arndtstraße 7, Mercatorstraße 16 und Friedenstraße 13, indes: Der Kampf ist vergebens. Mitte der 80er rücken die Bagger an und machen diese schöne Ecke im Herzen Bielefelds platt.

Mit dem Neubau kommt das *Steakhaus Churrasco*, das Aki Pasic führt, und – ein neuer *Schipkapass*. Heiko Brunken, der seine *Warsteiner Stuben* 500 Meter weiter aufgegeben hat, steht jetzt am Zapfhahn und bleibt die nächsten 15 Jahre. Erst 2003 schließt er den *Schipkapass* für immer ab und widmet sich ganz und gar seiner letzten Gaststätte, dem *Kochsiek*.

Von hier bis zur nächsten typischen Innenstadtkneipe ist es nur ein kurzer Weg – für uns und für die Mitarbeiter von Karstadt und Horten, die im *Schipkapass* ebenso wie in der *Legge* gern gemütliche Stunden verbracht haben. Doch da ist schon früh Feierabend, deshalb vertagen wir unseren Besuch auf ein andermal und lassen die Sonne im Bielefelder Westen untergehen.

Woher der Bielefelder Schipkapass seinen Namen hat

Der Schipkapass, benannt nach der Stadt Schipka an seinem Südhang, verbindet Nord- und Südbulgarien. Er ist Schauplatz mehrerer Schlachten während des russisch-osmanischen Krieges 1877 und 1878.

Nachdem die „Cöln-Mindener Eisenbahn" 1847 ihren Betrieb zwischen dem Rheinland nach Minden aufnahm, waren die entstehenden Wohngebiete des Bielefelder Westens von der Innenstadt durch Gleise und Schranken abgetrennt. Einer der Bahnübergänge war an der heutigen Elsa-Brändström-Straße. Weil der Untergrund dort damals sehr holprig war und das ewige Warten an den Schranken so manchem das Gefühl gab, einen endlosen Weg zurückzulegen, gab der Volksmund der Stelle ironisch den Namen Schipkapass.

Die ebenerdigen Gleise und Übergänge wurden Anfang des 20. Jahrhunderts durch einen Bahndamm und Brücken ersetzt, der Name Schipkapass jedoch blieb erhalten und wurde auf die nahe gelegene Gaststätte übertragen.

RUNDGANG 5

Reges Treiben rund um den Ostmannturm

Von wegen Hufeisen! Auch rund um die Altstadt liegen verwegene Kneipen, illustre Clubs und handfeste Speiselokale dicht an dicht. Unser Spaziergang führt vom Berliner Platz im Zick-Zack-Kurs zur *Rasenbank* – auf geht's zur (vorerst) letzten Runde!

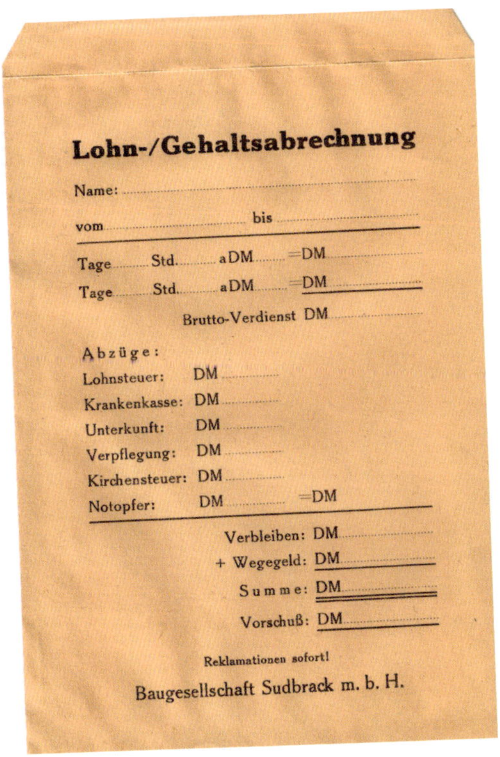

Lohn-/Gehaltsabrechnung

Name:

vom ... bis ...

Tage ... Std. ... a DM ... =DM ...

Tage ... Std. ... a DM ... =DM ...

Brutto-Verdienst DM ...

Abzüge:

Lohnsteuer: DM ...

Krankenkasse: DM ...

Unterkunft: DM ...

Verpflegung: DM ...

Kirchensteuer: DM ...

Notopfer: DM ... =DM

Verbleiben: DM ...

\+ Wegegeld: DM ...

Summe: DM ...

Vorschuß: DM ...

Reklamationen sofort!

Baugesellschaft Sudbrack m. b. H.

Bis in die 60er-Jahre wird der Wochenlohn freitags bar in der Lohntüte ausgezahlt.

Lohntütenball im *Bären*

Bevor sie 1966 die Gaststätte *Kochsiek* übernehmen, arbeiten Hilde und Horst Lindner in Rudi Betzendahls Bierkneipe *Zum Bären*, dem Ausgangspunkt unseres neuen Rundgangs. *Zum Bären* – die Kneipe steht in direkter Nachbarschaft zu zahlreichen Fabriken rund um den Berliner Platz. Und deren Arbeiter sind die besten Gäste in dem kleinen Lokal. Hilde Lindner: „Im *Bären* war bis in die 70er ‚Lohntütenball'. Da kamen alle von Seidensticker, Gildemeister, Dornbusch, Schäffer & Vogel. Am Lohnfreitag wurde erstmal die Latte mit den Deckeln von der Woche abgerechnet. Da haben wir mit drei Mann gearbeitet, so viel war da los."

Nur wenige Häuser oberhalb liegt ein weiteres Kleinod der Bielefelder Kneipenszene: *Pöttkerbrink*. Und der soll unser nächstes Ziel sein.

Der *Pöttkerbrink* um 1960 in einer provisorisch hergerichteten Baracke.

Gut und ehrlich – der *Pöttkerbrink*

Hier im *Pöttkerbrink* begegnen wir einem alten Bekannten, der 1990 der Altstadt den Rücken kehrt: Mitzos Komvos. Er löst gemeinsam mit Ehefrau Lia Renate Holthöfer ab, die hier, im Traditionslokal gegenüber der Stadthalle, seit 32 Jahren am Zapfhahn steht. Bei Renate, Ehefrau des bekannten Bielefelder Radsportlers Werner Holthöfer, trifft sich jahrzehntelang die Bielefelder Radsportszene: „Suchte man jemanden aus diesen Kreisen, genügte ein Anruf unter 63305. Renate wusste immer Rat", erzählt ein Stammgast.

Lia und Mitzos Komvos gehen 1990 in den *Pöttkerbrink*. Mitzos hatte vorher seit 1964 die *Osnabrücker Bierstuben* und den *Ententeich* in der Altstadt.

1960 kommt der gelernte Tischler Mitzos nach Deutschland, arbeitet zunächst bei Dürkopp, bevor er 1964 die *Osnabrücker Bierstuben* und 1979 den *Ententeich* übernimmt. Nun ist er im *Pöttkerbrink*. Mit Mitzos und Lia zieht auch die griechische Küche in das altehrwürdige Gasthaus ein, das ursprünglich *Zum Pöttkerbrink* heißt. Jetzt können die Gäste wählen zwischen dem traditionellen deutschen Schnitzel und Lammgerichten auf griechische Art, zwischen Rumpsteak, Souflaki, Moussaka und Bauernsalat.

Beliebt sind die alljährlichen Aktionswochen im *Pöttkerbrink*: „Da gab es die Spargelwoche im Mai und die Weinwoche in der Altstadt beim Weinmarkt, die Oktoberfestwoche mit Schweinshaxen und Oktoberfestbier und gegen Jahresende im November die Grünkohlwoche", zählt Lia auf.

Lilly Höke

Da greifen wir gern zu und können uns so gestärkt auf den Weg machen. Vorbei geht's am *Findling*, wo wir zu Lilly Höke reinwinken. Sie hat nach dem *Dixi* im Schatten des Ostmannturms eine neue gastronomische Heimat gefunden. Und gleich in der Nachbarschaft öffnet sich eine weitere Tür.

Ein Pils aus dem Blaulicht

Wir sind zu Gast bei Annerose Heidrich und Uwe Fastabend – *Anne und Faste* nennt das muntere Paar sein Lokal an der Herforder Straße 62, in dem Uwes Tante Lenchen Wagner wenige Jahre zuvor mit ihrer Gaststätte *Bei Lenchen* Nahversorgerin rund um den Ostmannturm gewesen ist.

Vor allem die Mitarbeiter der AEG gleich hier im Häuserblock sind in der Mittagszeit gern gesehene Gäste. Und als Uwe und Anne die Kneipe übernehmen, bleibt so mancher dem Lokal treu.

Der *Bollerwagen* an der Waldemar-, Ecke Herforder Straße. Vorher sind hier *Anne und Faste* drin.

Doch nur tagsüber geht es gediegen zu bei *Anne und Faste*: Abends ist die kleine Kneipe schnell rappelvoll. Kein Wunder, auf den wenigen Quadratmetern, kaum größer als ein Wohnzimmer, haben gerade ein Tisch und die Theke Platz – Anne: „Mit 20 Leuten waren wir schon gut gefüllt, bei 30 wurde es eng."

Bei *Anne und Faste* ist immer super Stimmung.

Anne, Faste und ihre lieben Gäste: Uwe Fastabend (mit Zylinder), dahinter Anne, Friseur Barber aus Herford (mit Lederjacke), Esler McCartney (verdeckt), Inge, Beate Wonke und Uschi. Ganz unten Franz Schiche, Musiker und später Gastronom im *Casa* und im *Bewekenhorn*.

Der *Lippische Hof* heißt in den 80er-Jahren *Alt Travnik*.

Anne und Uwe sind in der Szene gut bekannt. Faste kennt man aus der *Pinte* in der Bahnhofstraße und aus dem *Forums Forum*. Anne ist einige Jahre bei Tüddi in der *Krähe* tätig. Und so trifft man bei *Anne und Faste* Abend für Abend stadtbekannte Gesichter, darunter viele Leute vom Theater.

Nicht ganz so oft, aber immer wieder gern kommt auch die Polizei zu Besuch. „Uwe machte manchmal zu laut Musik. Dann kam die Polizei, gab kurz einen Wink und fuhr wieder. Wir haben uns mit denen gut verstanden", erzählt Anne und gibt zum Abschied noch einen mit auf den Weg: „Einmal haben wir vom Streifenwagen das Blaulicht abgeschraubt, während die Polizisten mit Uwe sprachen. Da haben wir Bier reingezapft und ein Wetttrinken veranstaltet. Eine Stunde später stand die Polizei wieder in der Tür – sie forderte ihr Blaulicht ein."

Zum Glück klicken nicht die Handschellen, und so können wir bei *Anne und Faste* noch ein Pils bestellen, bevor wir weiterziehen – und wieder warten auf uns die Kellergeister.

Vorbei geht es am früheren *Lippischen Hof,* später das *Alt Travnik*. Nur wenige Schritte von hier wartet in der August-Bebel-Straße ein weiteres Glanzlicht im Nachtleben der Stadt. Wir sind zu Gast bei Willi Bickhoff.

Der *Saloon 1900* an der August-Bebel-Straße. In den 50er-Jahren beherbergte das Autohotel Stüwe in diesem Haus durchreisende Gäste. Direkt gegenüber: die Bierschwemme *Bei Walter.*

Der *Saloon 1900* – willkommen in der Unterwelt!

Ein paar Stufen hinab, und wir stehen in der Unterwelt, pardon: im *Saloon 1900*. Genau genommen ist es eine Gaststätte mit DJ, aber dank Willis Beharrlichkeit singen in dem kleinen Lokal des öfteren Stars, die anderswo ein großes Publikum anziehen: „Wenn in der Oetkerhalle wer aufgetreten ist, ist Willi in die Garderobe gegangen und hat die zum Essen eingeladen. So kamen bekannte Künstler in den *Saloon*. Die sangen dann natürlich auch was. Daisy Dor, Martin Mann, Casey Jones, Marianne Rosenberg und Erik Sylvester – alle waren im *Saloon 1900*. Und einige kamen auch später nochmal für einen Auftritt", sagt Renate Winkler, die jeder im *Saloon* Nana nennt.

Einige Jahre hat sie das *Schiff* in der Feilenstraße, jetzt arbeitet Nana in Willis *Saloon*. Bei den Gästen ist die lebenslustige Blondine äußerst beliebt, weil sie Stimmung in die Bude bringt: Mal geht sie mit einem Bierglas auf dem Kopf quer durch den *Saloon*, mal mit einem Tablett voller „Saurer Paul". Flotte Sprüche gibt es obendrauf. Bei ihr sitzen die Leute in Dreierreihen: „Wir wollen zu Nana", bitten sie beim Chef um zusätzliche Stühle, wenn Nanas Revier voll ist.

Seit Mitte der 60er-Jahre ist Willi im Saloon 1900, den alte Bielefelder noch als *Zwitscherkeller* kennen. Der Disko-Club ist eines der wenigen handverlesenen Lokale, die eine Konzession bis 5 Uhr haben. Und entsprechend sitzen da auch Gäste, die erst nachts Feierabend haben. Nana: „Da waren einige zwielichtige Gestalten drunter. Viele Zuhälter vom Puff an der Eckendorfer Straße haben

Er ist der Chef: Willi Bickhoff mit DJ Ricky.

Gut aufgelegt: DJ Ricky.

Bekannte Gesichter aus dem Bielefelder Nachtleben: Renate Winkler und Gordon Trapp vom *Big Ben*.

hier verkehrt. Das war nicht ungefährlich, wenn die sich an die Köppe kriegten. Darum hatten wir überall Telefone, sogar in der Küche, um schnell die Polizei alarmieren zu können."

Koch im *Saloon 1900* ist Lothar. Und auch in seiner Küche tauchen immer wieder ungebetene Gäste auf, doch gegen die ist selbst die Polizei machtlos: „Trotz der Kakerlaken – das Essen im *Saloon 1900* war lecker", sagt Nana-Tochter Diane. Auch Nana sind die kleinen Haustierchen in bleibender Erinnerung: „Wenn ich nach Hause kam, musste ich erstmal die Jacke ausschütteln."

Immer gute Laune:
Willi Bickhoff und DJ Dieter.

Nach mehr als zwei Jahrzehnten kommt 1987 das Aus für den *Saloon 1900.* Willi Bickhoff firmiert mehrmals um, aus dem *Saloon 1900* werden in schneller Folge *Chanel, Cadillac, Caddy* und *Coupé 1900*, doch keines der Lokale kann an den großen Erfolg des *Saloon 1900* anknüpfen. Nach dem Verkauf eröffnet der neue Eigentümer in den 90er-Jahren schließlich den *Club Herz Ass*.

So viele Wechsel kurz hintereinander – bei unserem nächsten Ziel ist das undenkbar. Ganze 34 Jahre am Stück steht Armin Burgmann hinter der Theke seiner Gaststätte *Augustus*.

Außen blau – innen kreativ: Bei Armin im *Augustus*

Blaues Haus, sagen die Bielefelder zu dem Gebäude aus der Jahrhundertwende, in dem Armin 1978 sein *Augustus* eröffnet. „Blaues Haus hieß es schon in der Zeit vor Armin", weiß Martin Stiller vom *Siekerfelde*: „Vor Armin war hier Thomas Schröder Kneipier."

Von Thomas übernimmt Armin 1978 das *Bebop* – in früheren Jahren der gutbürgerliche *Hohenfelder Hof*. Haus und Gaststätte sind zu der Zeit ebenso im Eigentum der Brauerei Hohenfelder wie der *Thüringer Hof* an der Rohrteichstraße, die spätere *Pinte*, in der Thomas Schröder übrigens auch ein kurzes Kneipen-Gastspiel gibt. Doch das führt jetzt zu weit.

Erste Kneipiererfahrungen sammelt der gebürtige Mindener Armin in der *Destille* in Bad Oeynhausen – eine Bier- und Teestube, die er 1976 eröffnet. Bald wird es ihm zu eng zwischen Werre und Weser, und als Thomas Schröder das blaue Haus verlässt, greift Armin zu: „Wir haben das *Bebop* komplett ausgeräumt, innen bordeauxfarben gestrichen, Paneele reingebaut, Palmen aufgestellt." Prachtstück im Gastraum ist ein 100 Jahre alter Ofen, der heute im Altersheim Rosenhöhe steht. Er nennt seine Kneipe *Augustus*: „Der Name hat zwei Bedeutungen: Zum einen liegt das Lokal an der August-Bebel-Straße, zum anderen hieß einer der Vorfahren der Eigentümerfamilie August Schütze, den ich mit dieser Namensnennung würdigen wollte."

Vor allem für seine Livemusik-Abende ist das *Augustus* weithin bekannt. „Im *Augustus* hat

Das *Augustus* bei Nacht. Heute ist hier das *L'arabesque* von Gisela und Ridha Bejaoui drin.

34 Jahre lang betreibt Armin Burgmann sein *Augustus*.

wohl so ziemlich jeder Musiker aus Bielefeld gespielt, auch Bands aus Dortmund, Minden und vielen anderen Städten der Umgebung waren hier", sagt Armin.

Zur Eröffnung spielen die Thunderbirds, die dann in den ersten Jahren immer am 30. April hier ihren „Rock 'n' Roll in den Mai" abfeiern. Nothing mit Klaus Perl treten hier anfangs ebenfalls auf, später gibt es neben Musik Comedy und Kleinkunst. „Konzerte hatten wir mindestens alle 14 Tage, zuletzt ein bis zwei Konzerte die Woche." Wobei die nicht jeden gleich stark mitreißen – Armin: „Es gab Gäste, die strickten, während eine Rock-'n'-Roll-Band spielte."

Vor gerade 120 Leuten stehen im *Augustus* Bielefelder Gruppen wie das Kurpark-Kollektiv um Ingolf Lück auf der Bühne, die auch mal spontan reinkommen und kurz was spielen: „Bei mir bist du scheen." Oder Lutz Lipinski-Rosenberg, die Beatburgers und Newcomer aus der Münsteraner Szene wie Götz Alsmann mit seinen Sentimental Pounders. „Zu der Zeit konnte man Götz noch zuhause anrufen, wenn man ihn buchen wollte. Zuerst hatte ich immer seine Mutter am Telefon, die dann Götz an den Apparat holte", blickt Armin zurück.

Ein Muss in jeder richtigen Szenekneipe: der Billardtisch im hinteren Gastraum.

Staatsbesuch im blauen Haus: Carlo Dewe von der Herforder Kakadu-Combo besucht Armin im Tschaika. Zum Bankett gibt es Pommes mit Bier.

Ein Hang zum Fin de Siècle ist auf der Speisekarte nicht zu übersehen. Auch auf Regalbrettern und an den Wänden zeigt Armin seine Liebe für diese Zeit.

Weil Armin mit der *Philharmonie* am Niederwall eine weitere Kneipe betreibt, ist Ulli Wegener bis 1986 Zapfer im *Augustus* und bucht die Bands: „Das *Augustus* war die Szenekneipe hier im Viertel. Rund um den Ostmannturm wohnten viele Studenten, die hier eine Heimat hatten.“ Armin hat das Trinkverhalten in langen Jahren analysiert: „Bauarbeiter tranken nur ein paar Bier, die Soziologen haben immer viel gebechert.“ Sie sitzen Tisch an Tisch mit Schauspielern und Technikern vom Theater sowie Kunststudenten um Prof. Beaugrand: „Oft kam Viola Edelhagen, Tochter von Kurt Edelhagen. Sie war Schauspielerin am Theater.“ Dazwischen der Stammtisch der Wasserfreunde, die Vespa-Freunde und der Englisch-Stammtisch der Uni sowie Leute von der *Johannislust* wie Wilhelm und Polly und allerlei andere Originale wie der Stukapilot, der am helllichten Tage den Verkehr auf der August-Bebel-Straße anhält, oder der spindeldürre Haribo-Hans, der sein Geld als Wahrsager auf der Kirmes verdient. „Gerade die von der *Lust*, die kamen um 19 Uhr rein, keine zehn Minuten später mussten wir schon dazwischengehen, sonst hätten die sich an die Köppe gekriegt“, erzählt Ulli Wegener.

Wir brechen auf und Armin begleitet uns ein Stück Richtung Schlachthof: „Das war damals eine richtig große Nummer.“ In der *Schlachthofgaststätte* verkehrt einfach alles: Steuerfahndung, Kripo, Volksbank, von Gesangs- über Tier- bis hin zu Kleingarten- und anderen Vereinen, schlesische und pommersche Landsmannschaften, Riedel & Co., Röwekamp, Gewerkschaften, Volkswagen- und Mercedes-Mitarbeiter.

Anders als all die anderen – die *Schlachthofgaststätte*

Gehen wir also zurück in die Zeit vor der Jahrtausendwende. Das damals etwa 120 Jahre alte Gaststättengebäude gehört der Fleischerinnung und steht unter Denkmalschutz. In seinem Innern ist die Gestaltung aus der Vorkriegszeit weitgehend erhalten – Holzvertäfelung, Deckenbalken und farbige Glasfenster bestimmen den Schankraum mit seinen rund 40 Plätzen.

Und während viele Lokale ein sogenanntes Hinterzimmer für alle möglichen Zwecke haben, hat die *Schlachthofgaststätte* gleich mehrere davon, und jedes hat einen Namen: das Meisterzimmer für 20 Gäste, das Jägerzimmer

Über die vielen Jahrzehnte ist hier alles original: Blick in den Saal der *Schlachthofgaststätte* mit dem alten Interieur.

für zehn und der Saal für 180 Gäste – eine Besonderheit unter den Bielefelder Gaststätten.

1964 übernehmen Erika und Willi Niggemann die *Schlachthofgaststätte*. Zu der Zeit ist das Lokal zur Straße nicht geöffnet. Die Öffnung veranlasst Willi mit der Übernahme 1964, nachdem der Lebendviehmarkt auf dem Schlachthof eingestellt worden war.

Willi ist gebürtiger Schalker und kommt als Quereinsteiger in die Gastronomie. Zuvor arbeitet er 16 Jahre lang im Außendienst einer Firma für Kältetechnik. Hier, im Bielefelder Schlachthof, geht es lange nicht so fein zu wie in seiner alten Branche. Denn neben „normalen" Gästen verkehren im Haus mit der roten Backsteinfassade auch richtig harte Burschen.

An die Trinkfestigkeit der sogenannten Kopfschlächter erinnert sich der Sohn des Gastwirts-Ehepaars, Wilhelm Niggemann jr: „Früher war montags der Schlachttag. Am Schlachttag wurden neben den ‚kleinen Schweinen' auch die ‚großen Viecher' geschlachtet. Diese Schlachtung wurde von den von der Schlachterinnung extra dafür beschäftigten Kopfschlächtern durchgeführt. Das waren wirkliche harte Kerle."

Die Tätigkeit der Kopfschlächter beginnt immer montags um 6 Uhr, gegen 11 Uhr ist das Werk vollbracht. Wilhelm Niggemann jr: „Danach ging es in der rudimentär gereinigten Arbeitskleidung in die Gastwirtschaft zum zweiten Frühstück. Bei handfestem und derbem ‚Schlachterlatein' gab es neben frischen Mett- und Käsebrötchen ausreichend Gerstenkaltgetränk und westfälischen Korn. Einzelne Herren leerten mehrfach ein Ein-Liter-Glas, gefüllt mit dem beliebten Königs Pils, durchaus in einem Zug. Gegen Mittag wankten die Herren dann wohlgestärkt nach Hause."

Tagesgäste, Abendgäste, Vereinssitzungen, Familienfeiern: Die *Schlachthofgaststätte* ist für viele Anlässe ein beliebter Ort.

Erika und Wilhelm Niggemann übernehmen im August 1964 die *Schlachthofgaststätte*.

Geöffnet ist von 9 Uhr morgens bis spät in die Nacht 1 Uhr. Rund 30 Vereine gehören zu den Stammgästen. Dazu kommen die vielen Mitarbeiter von Firmen und Institutionen in der Nachbarschaft und die Tagesgäste, die das Lokal zu schätzen wissen, sowie die Abendgäste. Während Willi im Gastraum für sie alle da ist, sorgt Erika in der Küche dafür, dass bei jedem ordentlich was auf den Teller kommt. Die freundliche, aufgeschlossene Frau hat mit 14 Köchin in Schalke gelernt und kann problemlos Dutzende Gäste gleichzeitig beglücken. „Erika hatte Bratpfannen von 1 x 1,5 Meter, darin machte sie kiloweise Bratkartoffeln", erinnert sich Armin Burgmann. Was Wilhelm Niggemann jr bestätigt: „In der Mittagszeit wurden bis zu 140 Gäste begrüßt und versorgt. Am beliebtesten waren neben den Eintöpfen der Rinderschmorbraten und die Rinderrouladen."

Erika und Wilhelm Niggemann sind 30 Jahre lang in der *Schlachthofgaststätte* für ihre Gäste da.

Die gute Küche der *Schlachthofgaststätte* stärkt auch nachhaltig die Physis der damaligen Bundesligaspieler von Arminia Bielefeld. Dessen ist sich Wilhelm Niggemann jr sicher: „Nach dem Vormittagstraining der Spieler an der Radrennbahn kam unter anderem Gerd Roggensack mit seinen Kameraden zum Mittagessen in die *Schlachthofgaststätte*."

30 Jahre lang leiten Erika und Wilhelm Niggemann die *Schlachthofgaststätte*, erleben viele Umbrüche – in der Branche ebenso wie im Viertel, das mittlerweile sein Gesicht völlig verändert hat. Am 1. Juli 1994 bedienen sie zum letzten Mal ihre Gäste. Mittlerweile sind beide verstorben. Willi wurde 80, Erika 90 Jahre alt.

Ihr Nachfolger ist Karl-Heinz Mersmann, der das Lokal mit seiner Schwester weiterführt. Er kommt aus Harsewinkel und hat sich in den Jahren zuvor bei den Bielefeldern als Küchenmeister im *Rütli* und in der *Ente* in der Niedernstraße wärmstens empfohlen.

Ihm begegnen wir gleich wieder im nächsten Lokal – nur wenige Minuten müssen wir vom Schlachthof gehen, dann dürfen wir Platz nehmen auf, oder besser: in der *Rasenbank*.

Eine *Rasenbank* im Meer aus Stein

Inmitten der Wohn- und Industrielandschaft kurz vor dem Güterbahnhof liegt diese Oase der etwas derberen Gemütlichkeit. Seit vielen Jahrzehnten trägt die *Rasenbank* ihren eigenwilligen Namen. Woher er kommt und worauf er sich bezieht – niemand vermag es heute mehr zu sagen.

„*Gasthaus zur Rasenbank*, Inh. Fritz Rothschild, Bielefeld, Königstr. 69, Telefon 2833, Fremdenzimmer, fließendes Wasser, kalte und warme Speisen zu jeder Tageszeit, Verkehrslokal sämtlicher Kraftwagenfahrer, Auto-Hof des R. K. B." So wirbt Fritz Rothschild 1938 auf der Rückseite einer Ansichtskarte für seine *Rasenbank* an der heutigen Kreuzung Heinrichstraße/Walther-Rathenau-Straße. Längst gibt es das „Verkehrslokal für Kraftwagenfahrer" namens *Rasenbank* nicht mehr, doch Fahrzeuge sind hier bis heute ein Thema: Aus dem RKB-Autohof ist in späteren Jahren die allseits bekannte Werkstatt Auto-Tränke geworden, in dem Anbau an die frühere *Rasenbank* sitzt ein Kfz-Sachverständiger.

Im Fernfahrer-Gasthof hat Monika Koßmann als junges Mädchen eine abenteuerliche Begegnung: „Es war Ende der 70er-Jahre, ich lernte dort zufällig einen Fernfahrer aus Unna kennen. Spontan lud er mich ein, ihn auf einer Tour zu begleiten, und plötzlich packte mich die Abenteuerlust. So sind wir nach Nürnberg gefahren, dort habe ich mein erstes Ćevapčići gegessen. Nach zwei Tagen waren wir zurück in Bielefeld. Er hat mich am *Kaiserhof* abgesetzt und sich artig verabschiedet. Der war ganz anständig, es ist nichts passiert."

In früheren Jahren ein Fernfahrer-Gasthof, ist die *Rasenbank* in den 60er- und 70er-Jahren eine typische Arbeiterkneipe. Im Ausschank ist Union Siegel-Pils aus Dortmund.

Hildegard Klaes und ihre Mitarbeiter der Firma Auto-Tränke in der *Rasenbank*.

Winfried Klaes (rechts) steht auf heiße Öfen.

Dabei hätte Moni für ein gutes Ćevapčići gar nicht so weit fahren müssen. Vielmehr noch: Sie hätte gleich in der *Rasenbank* bleiben können. Denn das *Adria-Restaurant Rasenbank*, wie es in den 80ern heißt, hat die jugoslawische Traditionsspeise wenige Jahre später auch auf dem Grill.

Das Haus gehört, ebenso wie das Grundstück der Auto-Tränke, Hildegard und Winfried Klaes. Im Ausschank ist Dortmunder Siegel-Pils – es ist wohl Bielefelds einziges Lokal, in dem dieses Bier gezapft wird. Im Gastraum steht der bei Schülern beliebte uralte Flipper: „Da das Flippern hier billiger war und wir als Schüler nie ausreichend Geld hatten, gingen wir gern zur *Rasenbank*", sagt Jürgen Blume.

Hilde erinnert sich an einen Pächter, der zugleich Koch im Lokal ist. Seinen Namen gibt sie uns aus Anstand nicht preis. Haha, macht nichts, wir wissen ihn längst, verraten ihn aber ebenfalls nicht. Schließlich sind wir ja auch anständig. Hildegard: „Er war ein starker Raucher, und wenn er Bratkartoffeln machte, fiel ihm schon mal die Asche ins Essen. Die gab dann das besondere Aroma. Einige Gäste wussten das, beschwert hat sich nie einer."

1990 übernehmen Siegrid und Klaus Obstfeld die Gaststätte und nennen sie fortan *Hopfengasse*. Sieben Jahre später schließlich, Ende 1997, werden sie abgelöst von Karl-Heinz Mersmann, der aus der *Hopfengasse* das *Come In* macht.

„Come In" ist an dieser Stelle das falsche Stichwort, denn der Platz ist erschöpft, so, wie wir auch. Und darum gehen wir jetzt raus – Teil 2 des Bielefelder Thekendudens verabschiedet sich: Tschüss, macht's gut und hoffentlich auf bald.

Sie sind immer noch für ihre Gäste da!

Fünf heiter-besinnliche Spaziergänge durch die Bielefelder Kneipenlandschaft liegen hinter uns, und am Ende unseres Ausflugs in die Vergangenheit haben wir sieben Lokale auf dem Zettel, die in vielen Jahrzehnten den Stürmen der Zeit widerstanden haben und noch immer für ihre lieben Gäste da sind – manche seit vielen Jahrzehnten in derselben Hand, andere mit neuem Pächter, aber altem Namen und Angebot.

Diese Kneipen und Gaststätten gibt es heute noch: *Der Koch,* Inhaber Fred Gehring; *Ferdis Pizza Pinte*, Inhaber Mehmet Ali Güldiken; *Pappelkrug*, Inhaber Ilhan Arslan und Özgür Tandogan; Gaststätte *Vahle*, Inhaber Elisabeth und Michael Neumann; *Wunderbar*, Inhaber Valter Domingos; *Zum Bären,* Inhaberin Bianca Olk; *Zwiebel*, Inhaber Norbert Budewig.